Nona · 露娜

大家好，我是這本書的主角Nona露娜！如今的我，再也不是那頭從荷蘭初來香港的小犬女，而是一頭能為市民除暴安良、伸張正義的青年幹探了！汪汪！請大家繼續支持！現在讓我替大家介紹一下我們警犬隊裏的幾位超級明星，以及一些年輕有為的新紮師弟妹吧！

Max · 麥屎

　　這位是跟我一起從荷蘭來香港受訓的Max麥屎，現在已經是警犬隊裏獨當一面的班長了！麥屎一直對我照顧有加，就像大哥哥一樣，最後，我們還日久生情了呢！我們的結果如何？當然是有情犬終成眷屬啦！

Rex · 力士

　　這是Rex力士，跟Max麥屎合稱2X！就跟那些二人的歌星組合一樣，是一對好拍檔！力士不但年輕英偉、活潑機智，而且幽默風趣，是犬女心目中的白馬王子呢！（說實話，我也曾對他傾心呢，不過這個秘密可不能讓麥屎知道哦！）

Jacky · 積仔

這個神情憨厚的小犬子看上去有點陌生吧？他就是瑪蓮萊犬中的小師弟Jacky積仔了！積仔剛受訓完畢，在學堂也算是優異生，但他性格內向，經驗不足，跟當年初來乍到的我一樣，還是「鄉下仔」一名。但是我相信，假以時日，他也一定能成大器的，請大家多給新丁一點鼓勵吧！

接下來要亮相的，是警犬隊的後起之秀——Baggio巴治奧！小巴也是瑪蓮萊犬中的小師弟，雖然年紀小，受訓才半年，但卻巡邏、捉賊、防暴等樣樣皆能，尤其在搜爆方面表現突出。後生可畏啊，看來我這個老……不不不，是經驗豐富的前輩更要加把勁了！

Baggio · 巴治奧

Epson · 阿爽

各位觀眾，瑪蓮萊犬家族壓軸出場的，就是我露娜的兒子——Epson阿爽啦！阿爽生性聰明，身手敏捷，個性活潑，與小巴同為優秀的全科警犬，是搜爆組的一顆耀目新星，更肩負着保衛香港奧運馬術比賽安全進行的使命！嘿嘿，不是我自誇，露娜出品，必屬佳品吧？

麥屎、力士、積仔、小巴、阿爽和我都是瑪蓮萊犬，我們不但是短跑好手，而且嗅覺比狼犬還要靈敏，是警犬隊的超級新星！

Tyson · 泰臣

　　這是Tyson泰臣，別再靠近他了！小心他咬你啊！他是典型的洛威拿犬，「地盤」意識很強，會毫不猶豫地攻擊所有入侵者啊！別看他有點神經兮兮，跟其他犬相處不來，他在警隊中可是表現超卓，更勇奪「香港傑出狗隻大獎」（唉，人類總弄不清楚狗和犬的區別），為我們警犬界爭光呢！

Lord · 阿囉

來來來，來探望我昔日的隊友兼好友Lord阿囉吧！阿囉是一頭史賓格犬，這種犬天性熱情活潑，性情友善，可以跟陌生人和動物都融洽相處。可是，性格溫馴卻成了他身為警犬的最大障礙，阿囉最後的命運，着實令人令犬惋惜……罷了，人類總說要向前看，犬隻亦然，不是嗎？

Bo Bo

　　最後給大家介紹一個我們瑪蓮萊犬的遠房親戚，他就是高大威猛的德國牧羊犬Bo Bo了！表兄弟上陣，大家一定以為會合作無間吧？事實上，跟另一房遠親狼犬一樣，這些表哥的表哥仗着功績卓著，從來不把我們放在眼裏。聽說中國歷史上有過什麼「三國鼎立」，看來警犬界中「三犬鼎立」的英雄之爭，又怎能避免？

　　Bo Bo是德國牧羊犬，這類犬非常聰明，高度敏感，精力旺盛，對工作充滿渴望和熱情，幾乎能勝任所有種類的警犬工作，是現時很多國家的警犬首選品種。

　　大家已經認識了我們一班特警，是否覺得我們既可愛又威風凜凜呢？現在就跟我們一起再戰人間道，看看我們那些有血有淚有歡笑的故事吧……

特警部隊2
新修訂版

伙記出更

孫慧玲　著

新雅文化事業有限公司
www.sunya.com.hk

特警部隊 2（新修訂版）
伙記出更

作　　者：孫慧玲
繪　　圖：Christine E.T
責任編輯：張詩雅　潘曉華
美術設計：李成宇　蔡學彰
出　　版：新雅文化事業有限公司
　　　　　香港英皇道499號北角工業大廈18樓
　　　　　電話：(852) 2138 7998
　　　　　傳真：(852) 2597 4003
　　　　　網址：http://www.sunya.com.hk
　　　　　電郵：marketing@sunya.com.hk
發　　行：香港聯合書刊物流有限公司
　　　　　香港荃灣德士古道220-248號荃灣工業中心16樓
　　　　　電話：(852) 2150 2100
　　　　　傳真：(852) 2407 3062
　　　　　電郵：info@suplogistics.com.hk
印　　刷：美雅印刷製本有限公司
　　　　　九龍觀塘榮業街6號海濱工業大廈4字樓A室
版　　次：二〇二一年二月初版

ISBN: 978-962-08-7657-8
© 2008, 2014, 2021 Sun Ya Publications(HK)Ltd.
18/F, North Point Industrial Building, 499 King's Road, Hong Kong
Published and printed in Hong Kong

序

　　這是慧玲的第二本有關警犬的故事，承蒙她看得起，要我為她這本書寫序，唯有硬着頭皮試試。

　　還記得約兩年前，警察公共關係科的同事告訴我有一位作家想寫有關警犬的故事，希望我可以協助她搜集及整理資料。第一次與她會面時的情景，我還歷歷在目：她帶來的資料及剪報，是她多年來耐心搜集得來的，而且她對犬隻的知識亦十分豐富。當時我心裏相信，這些資料，已經足夠讓她寫很多本警犬故事了。當我懷着興奮的心情讀過她第一本警犬故事《特警部隊‧走進人間道》之後，我見到了日常在我身邊與我們一起工作的警犬，躍然在書內，生動可愛、性格鮮明又盡忠職守，更感受到慧玲對警犬的愛護。

　　她在準備第二本故事時，我們又再多次見面，我發覺她有很敏銳的觸覺，尤其是對所要寫的對象，每每就問到癥結所在，令我十分佩服。很快她就已經完成了第二本故事《特警部隊‧伙記出更》。看着故事中的主角警犬 Nona 從來港、受訓、考試、執勤、交友、戀愛以至成家、生子，就像看着我的警察同事們，從警校受訓到投入社會，服務市民所走過的路，有苦有樂，有悲有喜；亦好像看着我們的子女，一步一步地成長，克服種種困難，各有際遇，各有表現，見證了生命精彩之處。

　　我自小已經很喜歡動物，尤其是犬隻，所以能在香港警犬隊工作，自覺非常幸運，因為能夠將興趣與工作一起兼顧，並能夠跟很多有共同興趣以及目標一致的同事一起

工作，去運作一支優良的警犬隊。令到警犬能夠得到最優良的訓練，協助警隊維持治安，打擊罪行，實在不簡單，當中所涉及的專業知識及技能很多，例如：人員的訓練、犬隻的訓練、醫療、繁殖、犬舍管理等等，都需要警犬隊內的各位人員努力。雖然我會在年終離開已經工作了九年的警犬隊，但我相信警犬隊的各位同事仍會一如既往，令到警犬繼續站在維持治安、打擊罪行的前線。「伙記，開工啦！」

吳國榮

香港警犬隊高級督察

（寫於 2008 年）

自序

忠僕的頌歌

魔警事件深感歎

　　二零零六，甲戌年，屬狗的一年，發生了「魔警」徐步高用極其殘酷的手段殺害兩名同僚的駭人事件，全港傳媒多天來鋪天蓋地報道、渲染，引起全城紛紛議論，甚至抨擊香港警察的素質，懷疑香港警隊的能力，當然，樹大有枯枝，即使一個家庭，也會出敗家子，但我覺得，在香港生活，不失安全感，全因香港治安好，就是因為香港警察素質高，忠於職守，於是，促使我以懇摯的心，開始寫警察的故事，《特警部隊》系列小說的第一本在二零零七年出版，至今一共六本。

警犬情深智仁勇

　　我跟許多兒童一樣，喜愛動物，寫警察故事，我選擇了警犬，來讓少年兒童從警犬的故事中，認識警犬，也從而了解警察的工作。那種危險、那種艱辛，在那種全情投入，與賊匪對峙，奮不顧身的儆惡懲奸中，看到不論是人，或是警犬，都能夠堅守正義，盡忠職守，滿身散發殲滅罪行的鬥志和勇氣，有與罪惡誓不兩立的使命感！人和犬，心靈相通，互相關心，彼此扶持，忠誠相待，愛意永在，真教人動容。

《特警部隊》中每一個故事，都有其真實性，在搜集故事資料和撰寫故事時，我的內心起伏不已。警犬天性忠誠，勇毅不屈，叫人敬佩；牠們警覺性超凡，利用特有的敏銳聽覺和嗅覺，尖銳的犬牙和嘹亮的吠聲，使賊匪俯首就擒，叫人驚訝；牠們辦案時而機智百出，引來掌聲，但也時而犯錯誤，惹來指摘，牠們的際遇，跟人類一樣，有高低起伏，升沉進退，叫人感慨。同時，警察故事，離不開罪惡，挖得越深，便越驚心動魄，繁華底下的黑暗面，能不令人震慄，使人惆悵？

精彩系列用意深

《特警部隊》系列小說，一共六本：

1.《走進人間道》，寫警隊引進警犬，警犬學校的嚴格訓練，警犬在學習中表現的聰明，在考核中表現的英勇，警犬對領犬員，初相拒，後相隨，到推心置腹，合作無間的關係，妙趣橫生；

2.《伙記出更》，寫警犬初出道執勤的怯懦憨態，洋相百出，在對付變態刀片人、偷渡者、飛仔等實戰中提升了信心，增強了能力，過程使人發嚟；

3.《搜爆三犬子》，寫警犬在奧運馬術比賽期間執行反恐保安工作的險象橫生和慘中陷阱，犬和犬之間尚且充滿陰謀詭計，更何況是人？故事可謂出人意表；

4.《緝毒猛犬》，寫犬有忠犬有惡狗，人有好人跟壞人，表面看似不可能犯罪的人，實際卻是可怖的大毒梟，叫人防不勝防，真箇忠奸難辨，人心叵測；

5.《少女的「秘密」》，集中揭示少女犯罪的種種情形和問題的嚴重性，少女是未來的媽媽，她們的思想行為絕對影響社會、國家的發展，是值得擔心的大危機；

6.《男孩的第一滴淚》，則將焦點放在探討少年的內心，少年鋌而走險，掙扎成長，他們的人生和內心，充滿迫逼與無奈，他們還有出路嗎？還有將來嗎？但願少年們都能在成長的挫折中見光明。

少年英雄跨三代

香港警犬，自小入伍，表現優秀的多不勝數，屢屢獲獎亦大不乏犬。我們看到牠們的忠誠可靠，英勇立功，但牠們心中的歡樂哀傷，恩怨情仇，我們又知道多少？能夠認識這些故事中的警犬，是我和你們的榮幸。

《特警部隊》系列中的香港警犬隊，橫跨三代：

第一代有精明機智的 Nona 露娜、穩重成熟的 Max 麥屎、英俊多情的 Rex 力士、憨厚害羞的 Jacky 積仔、善妒暴躁的 Tyson 泰臣、怯懦畏縮的 Lord 囉友、熱情敏銳的 Bo Bo 阿寶、高傲自恃的 Dyan 阿歹、改邪歸正的 Hilton 希爾頓；

第二代有 Nona 露娜的頑皮仔 Epson 阿爽、好動愛色 Baggio 巴治奧、王牌搜神 Coby 高比、嚴謹女神 Connie 康妮、嬌嗲公主 Antje 安琪、陰險毒辣 Jeffrey 綽飛；

第三代有「黑煞三王子」：三頭黑金剛，包括勇猛善戰 Tango 彈高、不怒而威 Owen 奧雲、剛柔活潑 Lok Lok 樂樂等，當然還有 Antje 安琪所生的幼犬⋯⋯

故事串連停不了

　　數一數，竟有近二十頭之多，牠們就像人一樣，各有各的性格和所長，各有各的際遇和故事，我就以香港警隊從荷蘭引入的第一代瑪蓮萊犬 Nona 露娜做主線，用牠洞悉一切的靈慧犬眼看世情，串連牠和其他同僚驚險刺激的執勤際遇、艱苦準確的訓練和考驗，日常相處的趣事瑣事等，刻畫每一頭警犬獨特的性格、情緒、成長及面對考驗的種種，讓讀者看出趣味，也思考成長，思考社會。

衷心感謝好因緣

　　在此，謹以摯誠的心再多謝香港警犬隊前高級督察吳國榮先生，有他的協助和指導，我才能寫成這系列小說。寫到最後，故事中第一代的警犬都退休了，吳督察也退休了，而我，也從香港大學教師的崗位上退了下來，我們正在開展更豐盛多姿的人生階段，繼續以最大努力回饋社會，但願普天下成年人慈悲為懷，淨化社會，共建安祥和平，讓兒童都能夠健康快樂的成長。

　　《特警部隊》系列小說，得前香港警務處處長鄧竟成先生、警犬隊前高級督察吳國榮先生、立法會議員葉劉淑儀女士、前立法會主席曾鈺成先生、著名兒童文學前輩阿濃先生賞識賜序，再謹此致謝。在此，也要多謝新雅文化事業有限公司前董事總經理朱素貞女士支持、前副總編輯何小書女士督成、前編輯部經理甄艷慈女士費心，這系列六本警犬小說才得以出版，並得到讀者喜愛。而今年因得董事總經理兼總編輯尹惠玲女士賞識得以修訂再出版，謹此致以深摯謝意。

徐慧玲

（2021 年修訂）

目錄

第一章　相逢鬧市中

人類常說：人生何處不相逢？相逢有如在夢中。

今次和他相見，簡直是一場噩夢。

還記得我嗎？我是香港警犬 Nona 露娜，坐飛機從荷蘭來的那頭瑪蓮萊小犬女，同機而來的，還有瑪蓮萊大哥 Max 麥屎哥哥和 Rex 力士。我們瑪蓮萊犬是狼犬的遠親，同是搜索捕獵追擊的能手，工作能力絕不比狼犬低，只是因為我們個子比他們小，所以常常是他們狼犬的欺負和取笑對象：

「看你們七分像唐狗，三分似狼犬，做警犬？就憑你們？」這是他們常掛在嘴邊的話。為了不被我們這些表兄姐的表兄姐們瞧不起，我們努力工作，表現要絕不比他們遜色。

在警犬隊中，誰才是「老大」？總有一天，是要來個了斷的，狼犬和瑪蓮萊犬之爭雄，又怎能避免？

今天的我，已經是一頭成熟的警犬，捉賊無數，破案立功，功績如山。行 beat ——街頭巡邏，easy job

罷了！由於我經驗豐富，戰功彪炳，警隊老愛指派我巡邏麻煩特區油尖旺。

油尖旺，誰不知道油麻地尖沙咀旺角一帶是香港有名的繁華喧鬧烏煙瘴氣之地？！大路上橫街內店舖林立，娛樂場所應有盡有，是名副其實的「三各雲集」：各式貨品，各類活動，各路人馬。領教過油麻地廟街、尖沙咀重慶大廈、旺角女人街的人一定知道。

白天的油尖旺，固然是馬路上車如流水，人行路上肩摩踵接；到了晚上，更見各處燈火通宵不滅，繁華熱鬧的外衣下，罩着的是微妙複雜的龍蛇混雜。

我 Nona 露娜是青年幹探，聰明機靈，我知道，在油尖旺行 beat，即使是白天，也一定要打起十二分精神，絕對不能掉以輕心。

我緊貼着陳 Sir 的左大腿前進，嗅到陳 Sir 身上腎上腺素飆升的緊張氣味，知道這次任務非同小可，意想不到的事隨時會發生。

「Nona，今次行 beat，要格外留神，要威不要兇，要留意不要八卦，要專注不要失神，要親民不要失態，記住！記住！記住！」出發前，忠仔千叮萬囑。

「汪汪，知道了，忠仔，五四運動，五要四不要，

知道了，知道了。不要囉嗦得像個什麼行不行？」

「喂，你想說什麼？看你，『嘴OO』的？這是什麼態度？不要恃熟賣熟，恃寵生驕，恃愛失紀律呀，知道嗎？」忠仔拍着我的頸背，一邊說笑似的教訓，一邊為我戴上項圈。

「汪，我只聽過『O嘴*』，未聽過『嘴OO』，忠仔，你不說『潮語』我也不會嫌你『老餅*』的，汪汪汪。」

陳Sir忠仔是我的領犬員，在工作上我喚他陳Sir，以示尊卑分明；在感情上我和他是兄弟，非工作時我會叫他做忠仔。忠仔是我的兄弟，打死不離的好兄弟。

鬧着玩過一頓，我們終於出發了。

旺角街道，只見路上行人如潮水，男的女的、粗的幼的、長的短的、黑皮膚的白皮膚的，不斷在我身旁晃過，我冷靜地貼着陳Sir踱步，不徐不疾，不快不慢。

做了警犬多年，我再也不會被路上的紅矮子消防

＊O嘴：指嘴巴張開如英文字母O字的形狀，泛指人們表示驚訝或無言以對時的表情。
＊老餅：廣東方言，即老套，與時代脫節，亦為取笑他人年紀大的稱呼。

栓、骯髒惡臭煙灰缸垃圾桶、黑高個子電燈柱、紅黃綠眼交通燈等怪物嚇倒了，當然也不會再害怕那人多車多臭氣瀰漫煩喧吵鬧的都市場面。

想不到的是，隨時會發生的意想不到的事竟然就這樣意想不到地發生了！

一切，就由我靈敏的犬鼻嗅到兩股特殊的氣味開始……

一股強烈的誘人的肉香味，夾着一股令我感到很親切熟悉的氣味衝着我的犬鼻而來……

就在前方不遠處，一條身影，耳朵向前，頭部前伸，嘴巴緊閉，鼻子貼在路面翕動，這是犬類在搜索獵物時的形態，他的眼睛專注地注視着前方，在搜尋什麼似的。只見他在一個路人身旁左閃右避，顯然是利用路人作掩護前進，伺機做某些事。

忽然，只見他身影一飆，迅速竄到一間店舖的牆邊，擘開大口就咬，狼吞虎嚥，瞬間吞掉人家放在門口的一碟東西。

赫！是他！Lord 囉友！

我早已嗅到他的氣味，但我不想相信那賊形賊相的是他！

眼前的 Lord 囉友，看來，比以前略胖了點。

　　沒有警犬訓練學校的操練、學習、考試；再操練、再學習、再考試；不停操練、不停學習、不停考試，又怎能維持最好狀態，至 fit 身形？

　　Lord 囉友，前警犬隊同學，本名 Lord 阿囉，史賓格犬，雄性，不高的個子，渾身淺色的毛，配上啡黑色的頭和背，白色的胸膛和腿。他曾經是我最喜愛的警犬隊同學，我和他，雖屬不同犬種，但因為年紀差不多，也在差不多的時間來到警犬訓練學校一起接受訓誎，所以愛一起玩耍，是名副其實的好朋友中的好朋友，我叫他做「囉友」。

　　我和他，有過親切緊密生死與共的關係，雖然在他離開學堂之後，大家已不見日久，但對他，我仍然念念不忘，他的氣味，他羞澀的神態，他溫柔的眼神，早存在我的記憶庫中，永遠不會被忘記，永遠。

　　僅僅是去年的事吧。

　　Lord 囉友犬性聰明，學習能力高強，只是木訥寡言，不愛説話，即使勉強説話，又老是詞不達意，聲音柔弱得叫所有警犬同學都不耐煩傾聽，儘管大家給他起了個「木獨*男」的諢號，可事實上，他卻廣

---

*木獨：廣東方言，木訥的意思。

受歡迎，他叫人喜愛之處正是他的純良忍讓，慷慨和沒有機心；他叫人着迷之處則是他溫柔又帶深情的眼神。他只愛玩耍，不愛暴力，不會鬥爭，最叫人頭痛的是每次考試，他科科優異，唯獨一到攻擊科Attack，他便愛心滿瀉，結果全軍覆沒，每次都氣得我們警犬訓練學校的吳督察暴跳如雷。

「我怎忍心使用暴力去攻擊咬噬眾生呢？」他如是說。

唉，難道他是高僧托世？阿彌陀佛！善哉善哉！

一次，我聽到吳督察說：「明天出關試 Passing Out，如果 Lord 再不肯攻擊目標人物，便得將他逐出警犬隊，讓他回到民間，做頭家犬吧！」

我嚇了一跳，為了要幫助朋友，我竟然想出在 Lord 囉友考試時衝上去狠狠咬痛他，迫他發瘋發狂，張口撲擊咬噬目標人物吳督察的餿主意，更使出佯裝攻擊吳督察的苦肉計，結果是 Lord 囉友伏在倒地的吳督察身上，又舔臉又搖大尾！在此一役，Lord 囉友被斷定絕對無可救藥，警犬學校下了最後決定：

「Lord 被逐出警犬隊！永不錄用！永不！！」

因此一役，我 Nona 露娜被懷疑腦袋有病，被罰停職監禁，隔離觀察。被孤立、冷落，對犬隻來說，

是最殘酷的懲罰，比被鞭打更可怕。

也在此役之後，吳督察總要伺機教訓我：「老愛多管閒事，看吧，惹出一身蟻！」

指責我：「枉我疼愛你，竟然出賣我！」

埋怨我：「我從未教出過背叛我的子女，就是你，累我背黑鍋，一世英名盡喪！」

警犬訓練學校裏的警犬，大部分都是吳督察從外地帶回來的，他視我們如子女，愛錫我們，教導我們，如果我們犯錯，他會特別痛心。尤其是我，雖然他絕不偏私，但我知道他特別疼愛我，器重我。今次我犯了重大錯誤，難怪他感到十分難過，一看見我便要出言教訓，囉嗦長氣得如人類的爸媽。

從此，我便送他一個諢名：警犬老爸。

我為了好朋友 Lord 囉友，出賣了警犬老爸，出賣了戰友陳 Sir 忠仔，失信於警察部隊，我被拘留了許多天，檢查了許多次，觀察了許久，差點丟了工作，費了很大的勁才得到警犬老爸和領犬員兄弟陳 Sir 忠仔的諒解，有一段時間，我還被其他警犬譏笑做「懵 dog Nona，冇得撈啦」。

*有關 Lord 阿囉和 Nona 露娜的故事請看《特警部隊 1．走進人間道》。

16

Lord 囉友呢，很快地被一戶愛犬人家領養，過他的吃喝玩樂追貓捉蟑螂逐老鼠睡懶覺絕頂散漫超級無聊的寵物狗生涯。

警犬隊有領養制度，安排退役警犬或不合適做警犬的犬隻到領養人家處生活。聽說 Lord 囉友第一次跟領養申請人見面時，已經張開嘴巴傻笑扮親切，繼而急不及待熱情撲上小犬依人，對人家又擁抱又舔臉，瘋狂搖尾擺臀，極盡討好諂媚奉承之能事，讓負責辦理領養手續的梁醫官對他的舉止也大感驚訝，出言譏諷道：

「Lord，看來，你真是『走心似箭』了！」

我記得，他走的時候，我還情深款款地向他道離情：

「囉友，再見了，我永遠掛念你，但願有緣相見。」

對於為了他而所受的種種冤屈，我 Nona 露娜從沒有感到不值得。為了朋友，我心甘情願，絕無後悔，或者，這，就是友情，就是義氣吧！

想不到，在第二天早上，我和忠仔送他到大門時，他竟然斬釘截鐵地說：

「我不會回來了，絕對不會！No way！Never！」

　　我有沒有聽錯？他的說話和態度，怎的和昨天在醫療室處說的不同？

　　這些話應該是 Lord 囉友說的嗎？

　　這些話應該是 Lord 囉友向他最好的朋友我，Nona 露娜，說的嗎？

　　警犬隊真的沒有值得他留戀的地方嗎？

　　對好朋友中的好朋友的我，Nona 露娜，他也沒有絲毫牽掛嗎？

　　我還在愕然間，聽見他又回頭拋下一句：「Goodbye，Sir！不要再見了！」

　　他說話怎的忽然如此流暢，不再期期艾艾？

　　他怎的能夠這樣不留餘地，如斯地冷酷無情？

　　難道這才是 Lord 囉友的真面目？

　　難道他根本處心積慮要做一隻寵物狗？

　　犬，怎可以說變便變？

　　這傢伙是 Lord 囉友嗎？真的是 Lord 囉友嗎？

　　朋友不要我，我還可以怎樣做？

　　我有想大哭的感覺，我有很深很深的被傷害的感覺，我的眼淚要奪眶而出，不，我不要在這個無情的傢伙面前流淚！

　　我決定，一切就讓他過去！

　　我決定，Lord 囉友不再、不再是我的好朋友！
Never！Never！

　　我要讓自己對他印象模糊，甚至忘記⋯⋯

　　就讓時間沖淡一切！

　　想着想着，我的眼睛又控制不住濕潤了⋯⋯

　　時間果然可以沖淡一切。

　　由於工作忙碌，加上自己也出現了説不出口的煩惱，Lord 阿囉？噢，漸漸地，在我的腦海中淡出了⋯⋯

　　可是，上天總愛作弄人，正當我好不容易才從痛失好朋友的陰影中恢復過來時，又叫我遇上他！

　　更想不到的是我以前的知己好友，善良的怯懦的 Lord 囉友，竟然淪為一頭小偷！一隻——賊！

　　你叫我怎的能夠相信？

　　這時，一個戴彩色 cap 帽的男人在遠處大叫道：

　　「阿 Lord，你為什麼亂吃街上的東西呀？」cap 帽男把 cap 帽拉得低低的，戴着墨鏡，使人看不到他大半張臉，好一個神秘的怪人！

　　聽見有人大叫，又見到途人紛紛停步注目，陳 Sir 自然也要牽着我趨前查看，一股久未嗅到的熟悉氣味，牽引着我 Nona 露娜步伐急促的四條腿和一顆情

不自禁忐忑不安的心，向前疾走！

「汪汪，哈囉，囉友！真的是你！很久不見了！你可好？」我發出兩聲短促的吠聲跟他打招呼，透露我的興奮熱情，始終，我們以前有過一段一起成長的日子，曾經是好朋友嘛。（我真沒用，明明下定決心不再當他是朋友，怎的又禁不住表達相見的熱情？！）

他聽到我的聲音，倏地轉過身來，用凌厲的眼光盯着我，還對我撅起上嘴唇，警告我說：「走開！不要妄想搶我的美食！」

他全心全意要偷吃，竟然連我也不認得，還把我當作是要和他爭食的流浪狗？！我的熱情被冰水一潑，立即熄滅了，我也清醒過來。

「你完全忘記警犬第一戒：『絕對不可隨便吃街頭的東西』了嗎？！」我收斂熱情，冷冷地說。

當他定過神來，看清楚是我 Nona 露娜的時候，一臉緊張立即轉為愕然，臉色也倏忽間轉變了。

我 Nona 露娜和他，Lord 阿囉，面對面，我直視着他，用強勢的眼神表示對他「淪為小偷的不屑」。哼！這傢伙，為了貪吃，連對四周的靈敏嗅覺也失去了。

20

「怎麼是你？」他一嘴的油，嘴角還掛着一點肉末，眨着眼睛，偏過頭去，避免和我有正面的目光接觸，尷尷尬尬地說。

偷食，也是偷盜的犯罪行為，堂堂警犬絕不會隨便在街上偷食、搶食或乞食，曾經在警犬學堂受過訓練的 Lord 阿囉怎會不知道？難怪他臉色轉紅，不敢直視着我。

「一日警犬，終生警犬，你怎的淪為狗賊？」我 Nona 露娜眉頭緊鎖，眼睛周邊毛髮豎起，冷冷地說，不屑他的所為，更不忿他破壞了警犬隊的聲譽形象。

Lord 阿囉知道我 Nona 露娜不高興，竟也撒野發脾氣：

「不要教訓我！汪汪汪汪，我不想和你胡扯！」他怎麼變成這樣子？！

他以咄咄逼人來逼我放棄對他的責難，他口中的肉味直衝我的鼻蕾，中犬欲嘔。

「不對，阿囉，你剛才吃的東西有毒！」靈敏的犬鼻告訴我 Nona 露娜他吃的肉有問題。

「午餐肉有毒？你才有毒！想嚇我嗎？吃不到的肉是有毒的？」說話的尖酸無禮，絕不是以前那頭溫柔木訥，詞不達意，聲音柔弱，不愛爭鬥的 Lord 阿

囉。

「真的，阿囉，我嗅到你剛才吃的東西已被落毒！」

「哼！我也做過警犬，受過訓練，懂得分辨有毒沒毒。不要在我面前扮專家！想嚇怕我？！」

糟糕！不久前，有一頭被領養的警隊幼犬拉布拉多犬 Caspar 嘉士伯，就是在半山被人用毒肉毒死的。小嘉不過是和主人在布力徑散步，一時饞嘴，吃下一口放在路邊的雞肉，不久便喘氣、嘔吐、尾巴下垂，最後搶救無效，一命嗚呼。難道 Lord 阿囉也遇上了狗殺手？

這時，Lord 阿囉那位戴着彩色 cap 帽的主人趕到了，他還不知道 Lord 阿囉闖了禍，氣喘喘地叫嚷道：「讓開！讓開！ Oh，Lord，我的神，Come ！」

他擠進人堆中要找 Lord 阿囉，一看到有警察，以為陳 Sir 會檢控他沒有為狗隻戴上狗項圈，立即拿出狗項圈，扣在 Lord 阿囉的頸項上，還一面嬉皮笑臉想討好感賠罪説：

「嘻，阿 Sir，對不起！對不起！嘻嘻嘻。」

帶中型大型狗隻上街不戴項圈當然犯法，還讓大狗在熙來攘往的街上施展橫衝直撞左閃右避迂迴偷窺

術更是過分。

我 Nona 露娜毫不客氣地發出低沉的吼叫罵他：「汪汪，沒家教！」

「吠，你吠什麼呀！你呀，不要威風，我的阿 Lord 也曾經是警犬呢！哼！」他指着我罵道，然後又轉過頭對陳 Sir 說：

「嘻嘻，阿 Sir，你認得他嗎？警犬呀！入過學堂呢！」語調間很為自己擁有一頭「警犬」而驕傲。

陳 Sir 當然認得這頭差點害得他丟官我丟職的 Lord 阿囉，但他在大庭廣眾，市民圍觀的情況下，聰明地來一招相逢何必曾相識，顧左右而言他說：

「喂，小心你的狗，這是大街道，人來人往哩！」

就在這時，只見 Lord 阿囉舉步上前，想認宗歸隊般挨到陳 Sir 身邊磨蹭，誰知他才前行兩步，便忽然間好像四腳發軟，「蓬」的一聲，倒在地上，面露痛苦的表情，口中發出一連串「嗚嗚嗚」急叫，糟糕！果然出事，一連串的短促急叫，正是犬隻表達極度痛楚的叫聲，Lord 阿囉真的食物中毒了！

「汪，阿囉，你怎麼了？」我關切地問，唉！始終也是朋友。

「唉呦，我肚痛死了！」Lord 阿囉側躺在地上，

四腿抽搐，呻吟道。

　　「我不要死，Nona，救我，我不要死，我正和隔牆那隻貓阿花談戀愛，我不要死呀。」Lord 阿囉哀求道。

第二章　變態刀片人

Lord 阿囉危在旦夕，還忘不了阿花，我 Nona 露娜卻被他嚇得繞着尾巴轉，不知如何是好：「陳 Sir，快找梁醫官救救阿囉吧！」我焦急得嚶嚶地哀求陳 Sir 道。

Lord 阿囉的主人 cap 帽男，看見 Lord 阿囉中毒倒地，顯得慌張忙亂，跪在 Lord 阿囉身旁，像拜佛求神般喃喃道：

「Lord，不要嚇我，你是 Lord，神呀，上帝呀，沒事的，沒事的。」

「看來他食物中毒了，快帶他去看獸醫吧。」始終一場警隊兄弟，陳 Sir 也不忍心 Lord 阿囉有事。

「近日旺角老鼠為患，我在店前放置下了老鼠毒藥的午餐肉，要滅鼠呀。你那隻狗吃了那盤午餐肉，不死才怪！」店主看見門前人羣聚集，知道出事，走出來說，口中還叼着牙籤。

「你想謀殺呀！四處放毒肉，引誘狗偷食！我的狗有事，你要負責！」cap 帽男暴跳如雷，指着店主

大罵。

「吓？你説什麼，毒鼠有罪呀？不准滅鼠嗎？我毒鼠關你什麼事？負責？負什麼責？」店主也非善男信女，扯大嗓門喝道。

「嗚嗚嗚，救我，救我呀……」Lord 阿囉氣若游絲。

「汪汪汪，你們不要吵了，救阿囉要緊！」我忍不住吠叫起來。

「我的狗有事一定找你算賬！你小心！」cap 帽男不理會 Lord 阿囉的哀吠，對店主咆哮道。

「你恐嚇我？阿 Sir，你聽到啦！」說時，店主伸手翻起衣袖，只見他的手背上、手臂上，甚至手指上都有紋身，「你放狗四處偷食，就是要牠沒命，扮什麼緊張？想騙賠償嗎？」

對方露了一手，顏色鮮明的紋身訴說了秘密，cap 帽男不敢再惹事，轉過頭來哀求陳 Sir 說：

「阿 Sir，請你替牠叫白車吧。牠以前也是一隻警犬，你也不想牠死去吧？」香港人習慣叫救護車做「白車」。

「汪，他哪是警犬？他從來就未做過警犬！阿囉，你自己説，你通過警犬考試了嗎？你是正式警犬

27

嗎？汪汪汪汪！」我連聲短吠，表示對 cap 帽男吹噓的不滿。

「白車可以亂叫的嗎？！連警犬都吠你！」路人甲忍不住指責 cap 帽男。

「自己坐的士去啦，貓貓狗狗蛇蟲鼠蟻都要勞煩警察叫白車，有沒有搞錯呀！」路人乙也加入指責行列，大義凜然地教訓他道。

「你那隻狗叫什麼『囉』呀？」路人丙問道。

「Lord，中文名是『神』呀！」cap 帽男自以為了不起地說。

「哈哈哈……」圍觀的人哄笑起來。

「Oh，my Lord ！神呀！阿們！」人堆中有人叫道。

就在這時，前方不遠處傳來尖銳的叫聲：「有人流血呀！」

看！都説油尖旺龍蛇混雜，是多事之地啦。

本來圍觀 Lord 阿囉鬧劇的人羣聽到「有人流血」的尖叫聲，知道又有好戲上演了，立即紛紛轉身，跑過去看另一場熱鬧，唉，香港人就是如此好奇心爆棚。

聽到「有人流血」，陳 Sir 當然也要帶着我上前

去看究竟，畢竟，有狗隻食物中毒，是他主人的事。

「汪，阿囉，保重呀，拜拜！」我轉過頭去跟 Lord 阿囉道別，只見他已經嘔吐一地，想站起來又倒下去，雙眼噙滿了淚，是痛苦的淚？恐懼的淚？對朋友我懺悔的淚？我心頭一凜，也覺得萬般不忍，叫道：

「汪汪，阿囉，你一定要沒事啊！不再見了，汪汪！」我對他説。

本來執行街道巡邏任務是不可以隨便吠叫的，但陳 Sir 知道我的吠叫是和 Lord 阿囉説話，所以也就沒有怪責我，阻止我。

「喂呀，那我的狗怎樣了？你們沒有人幫忙嗎？」cap 帽男頓足呼叫，竟然忘形地脱去他那頂彩色 cap 帽，在空中揮動着，露出中間光禿禿的地中海頭，在街上亂跳亂叫，地中海光頭忽上忽下，簡直是亂七八糟，不知所謂。

這邊廂，街角不遠處的案發現場，站了密密麻麻的人，圍觀的人實在太多了，陳 Sir 不停地喊道：「請讓開！大家請讓開！警察！」或許是環境太嘈吵了，人們好像聽不到陳 Sir 的叫喊似的，擠在現場紋絲不動。我忍不住幫忙叫吠：

「汪汪！汪汪汪！汪汪汪汪！」

是犬聲響亮嗎？是連串吠聲的威力嗎？還是兩腳動物怕四腿猛獸呢？人們爭先恐後退了，讓出一條路來。

我們好不容易走到肇事現場。

只見一個大男孩，痛苦地垂下頭，用手掩着一邊臉，血正涔涔不住地從他的指縫中流下來。

「Nona，SIT！」陳 Sir 吩咐我道，我聽令後肢坐下，貼着陳 Sir 左大腿。

「發生什麼事？」陳 Sir 一邊電召救護車，一邊用無線電對講機向上級報告，然後問大男孩道。

「……」大男孩可能受驚過度，不知怎麼回答。

「讓我看看。」陳 Sir 輕輕挪開大男孩掩着臉的手。

「哎唷……」

嘩！只見他臉上一道血痕，最少有六吋長，傷口看來又長又深，鮮血正肆無忌憚地滲出來。

是誰這樣變態，狠下毒手，使一個俊俏男孩變成了刴面男孩？

陳 Sir 問刴面男孩：「有沒有手帕？」常識告訴人們：用乾淨手帕按壓傷口以止血比較好。

剠面男孩搖頭輕聲應道：「唷……」

噢，一定是很痛吧？！

「紙巾？」

「……」

噢，沒有力氣回應了？

人羣中，一個美少女走出來，從手袋中拿出一條粉紅色手帕，遞給剠面男孩：「清潔的，先拿去用。」香港女孩愛大袋子，手袋中什麼都有，特別是手帕或者紙巾。

剠面男孩望着手帕女孩，囁嚅道：「不好意思的，血這麼髒。」

路人大嬸甲插嘴說：「人家女孩子一番好意，要吧……」

路人女子乙附和道：「要吧，別讓傷口流血太多……」

路人丙丁戊也紛紛鼓勵男孩：「是嘛，要吧要吧……」

這真是血腥的温馨。

陳 Sir 叫剠面男孩用手帕按着傷口，阻止血流得太急太多，繼續為他錄口供。

「我不知道怎麼弄的，只是剛才逛街時，覺得有

人想拉開我的背囊，回頭一看，有個男人緊貼着我，我懷疑他想偷我的東西，所以將整個背囊從肩上拿下來，抱在胸前。」

「你沒有當場揭發他？」路人大叔已心急知道劇情，插嘴問道，被陳 Sir 瞪了一眼。

「那男人絕不是善男信女，你不敢出聲，是嗎？」路人大姑接力提問，陳 Sir 瞪眼已經沒用了。

剙面男孩點頭。

「我錄口供，請你們別插嘴。」陳 Sir 不開口要求，那些路人甲乙丙丁一定會繼續搶先發言，問個不停。唉，好奇的香港人！

「那接下來呢？」陳 Sir 再向剙面男孩問話。

「那個男人走到我的面前，伸出手摸我的臉，說了句：『叻仔……好醒目喎！』然後便急步走了。」剙面男孩越說話，指縫間便越多血溢出。

「那男人有多大年紀？」

「不清楚，他戴着太陽鏡，我猜大約三十歲吧，滿身煙味的。」

「那你的臉為什麼會流血？」

「我不知道，我只知道過了一會兒，便覺得一邊臉燙熱痛極，一摸，滿手是血！」就這樣，他做了剙

面男孩。

剆面男孩说着，雙眼通紅，快要流出淚來，是又驚慌又痛楚了。

手帕女孩輕輕拍他的肩背，表示安慰。

「看來，那個小偷本來想打開獵物的袋子偷竊……唔……他的手指縫中應該還夾着一塊利器，大概是刀片之類，如果不能成功打開獵物的袋子，他便會用刀片割開，你識破他的詭計，護袋成功了哩。」陳Sir 分析道。

「檢查一下背囊，看看有沒有損失吧。」陳 Sir 吩咐说。

剆面男孩掩着左邊面孔，哭喪着臉说：「阿 Sir，我單手開不了袋。」

手帕女孩立即為他取下背囊，我乘機嗅了一下，那拉鍊片子上，除了有剆面男孩持久的氣味外，還有另一個人的氣味，淡淡的，新鮮的，是剛剛留上去的。

「你一個人逛街？你的朋友呢？家人呢？」陳Sir 問剆面男孩道。

「她不是你的朋友嗎？」陳 Sir 隨即指着手帕女孩，故意問，我 Nona 露娜禁不住咧嘴笑了起來，陳Sir 用腿輕輕地碰了我一下，哈！我們心意相通唄。

「我一個人逛街。」剃面男孩紅着沒受傷的另一邊臉，蠻不好意思地說。

「這樣漂亮的女朋友，不怕承認嘛！」路人大叔「騎騎」聲地笑着說，看他一臉猥瑣相，我心中罵道：「鹹濕伯父！」

「上街，還是結伴安全些。」陳Sir好像變了家長，竟然教導剃面男孩上街安全守則。

剃面男孩個子不很高，雖然流了半臉血，仍然看得出他五官端正，皮膚幼滑，架着眼鏡，斯文有禮，是惹人惹犬好感的那一類。

圍觀的人都為他感到忿忿不平。

「變態！」

「其實求財罷了，要做得這樣狠心嗎？變態！」

「快去醫院吧，看來你要縫十多二十針哩。真變態！」

「好可憐啊，把人家俊俏男孩子的臉孔弄成這樣子，怎麼成呢？變……變態！」

「幸好不是女孩子……唉！簡直變態！」

路人甲乙丙丁戊，紛紛發表「變態」偉論。

「V嗚V嗚……」喔，救護車聲音在遠處響起。

這時候，剃面男孩臉上的血已經順着手指流到手

臂，滴到衣領，滴到胸前，白色的襯衫前面染紅了一大片，好像胸部也中了刀，情景實在恐怖絕倫，觸目驚心。

突然，我 Nona 露娜嗅到空氣中有一股氣味，是那股留在拉鍊片子上的淡淡的新鮮氣味！我倏地站起來，全身毛髮豎起尾巴舉起，眼睛周圍的肌肉收縮，眼球微微凸出，陳 Sir 知道我有所發現了，機靈地環視四方人等。

不能等陳 Sir 下令，等他下令「HOLD HIM」只會打草驚蛇。

「請讓開，請讓開。」救護員拿着擔架正要擠進人堆中來。

我乘着人們擾攘讓路之際，四腿齊發，一躍到人堆稍後方，對着一個戴黑色漁夫帽和太陽鏡的男人的右手咬噬下去！

憑他身上的氣味，那種特殊體味加濃臭的煙味，我知道他分明就是那個變態疑犯——剃刀魔！

「哎唷，有沒有搞錯，你的狗發瘋了嗎？！」剃刀魔大叫起來，分明是想先發制人吧！

汪汪汪，我 Nona 露娜知道，他就是那個剃刀魔變態狂！準沒錯！

「汪汪汪汪汪汪……」我咬着他，作不得聲，但心中狂吠着。

路人有些被我突如其來的舉動嚇怕了，女的男的老的少的有理的沒理的都亂叫起來：

「哇，哇……」小孩哭叫着。

（小孩呀，你不在家裏睡覺或在公園玩，跑來油尖旺幹嗎？）

「想嚇死人麼……」老人家拍着胸膛喃喃道。

（長者呀，人多車多，你老人家要小心呀！）

「喂，阿 Sir，管管你的狗！」膽小的中年阿嬸吼叫說。

（大嬸呀，我捉賊呀，你以為我在玩耍嗎？）

道些人，不知就裏，糊裏糊塗，就罵起警察來。「叫你們遇上變態剮刀魔，被劃成大花臉，看你們發瘋不發瘋？！」我心裏想着，口中更用力咬緊了……

陳 Sir 相信我的判斷，命令大半張臉埋在黑色漁夫帽和太陽鏡中的「剮刀魔」說：

「先生，請脫下你的帽。」

「阿 Sir，法例有規定市民不准戴帽麼？不脫！」剮刀魔拒絕合作。

「汪汪汪汪……」

這時，我 Nona 露娜已在陳 Sir「LEAVE」的命令下放開了口，見他不合作，立即向他狂吠，犬毛恣張，撅起嘴唇，露出陰森森的犬牙，作勢欲再噬。許多壞人不怕警察，卻怕警犬，剁刀魔被我嚇得全身震顫，不自覺地舉起手來要去脫帽，當他舉起右手的當兒，我瞥見他食指和中指間的刀片，我正要再撲前咬住他的右手，實行人和兇器並獲之際……

一陣尖銳短促的吠聲忽然響起，「汪汪，汪汪，汪汪！」不知從哪裏竄來一條狗：

「汪汪，CID 駕到，汪汪，這裏發生什麼事？！」

他以尖銳短促的中音吠着，不高不低，在犬界表示發現新奇的事情。

但在人們看來，吠叫着橫衝直撞的狗，就是發狂的狗、發癲的狗，不被嚇着、感到害怕才怪，只見人們你推我擠，要向四方竄散，避開瘋狗……

走避的路人、救護員、手帕女孩、剁面男孩、一個警員、一頭警犬、一條癲狗……一片混亂！

剁刀魔準備乘亂竄逃，我 Nona 露娜一邊蓄勢要縱身而上擒賊，一邊喝道：

「汪汪！警察，快走開，別阻差辦公！」我大喝道。

「汪汪！你快走開，別阻 CID 辦公！我是 CID，汪汪汪！」癲狗狂吠，想顯示自己是老大，連聲叫吼，「我是 CID！我是 CID！」

這傢伙，一邊叫嚷，一邊就地縱身一跳，在半空中轉身，頭下腿上，蹬起後腿，當眾巴啦巴啦勁發「高射炮」！哈，身手也算敏捷哩！

我 Nona 露娜要捉賊，無心和他糾纏，也顧不得他射出的尿液，發腿就要去追捕劏刀魔，他卻左衝右撞，忽而又倏地擋在前面，一會兒竄到左，忽然又撲到右，還豎毛咧齒歇斯底里挑釁狂叫：

「汪汪汪！有什麼案件，由我接手，我是 CID！」這條流浪狗，分明患了妄想症，老愛在街上橫衝直撞，怎的還沒被捉狗隊抓去？

「汪汪汪！走開！否則，別怪我不客氣！」我 Nona 露娜也不甘示弱，豎尾咧齒表示強勢，對這傢伙喝道。

第三章　飛仔吹雞

「好呀，鬥狗呀！」

「打呀！兩隻狗打架呀！」

一些圍觀的好事者叫道。

這一趟，被「CID」和他們這麼一搞，剝刀魔逃之夭夭了。

陳 Sir 低下頭望着我，暗中搖頭撇嘴。唉！來了熱心癲狗又來多事怪人，辦案擒賊？何等困難！

擾攘間，「CID」倏地走了，消失得無影無蹤。

救護人員好不容易擠進現場，為傷者包紮，也許血流得太多吧，剝面男孩面色慘白，像快要昏厥的樣子，好心腸的手帕女孩滿眼憐惜，輕輕地握着他冰冷的右手，給他鼓勵，給他溫暖，還為他挽背囊。

就在這時候，一個長頭髮女孩子走上前，囁嚅地對陳 Sir 說：「阿 Sir，我用手提電話拍了小偷的樣子。」拍照女孩開啟了手提電話裏的相簿，遞給陳 Sir，手提電話照片上清楚顯示剛才我 Nona 露娜咬住的那個黑色漁夫帽男人正摸着剝面男孩的臉，食指和中指之間

露出光閃閃的一角。

陳 Sir 一看，對我說：「Nona，你沒錯，果然是那個戴漁夫帽的男人。」我忍不住笑了，噢！我愛手提電話！它簡直是我 Nona 露娜的好幫手。

當陳 Sir 正在審視手提電話上的照片時，拍照女孩卻目不轉睛地望着剅面男孩，流露出一臉關心的神態。

我心中暗忖：「兩個女生對一個陌生男孩一見鍾情？一人患難二人生愛？不是吧？！」

噢，忽然很掛念警犬隊中 Max 麥屁哥哥、Rex 力士和另一名隊友——洛威拿犬 Tyson 泰臣，他們正在做什麼呢？

噢，誰會相信，警犬會懷春？警犬會有心事？

噢，我怎麼了，工作時想東想西？！

我 Nona 露娜甩甩頭，要把靈魂召回來。幸好陳 Sir 正忙於錄口供和其他工作，沒有注意我的思想開小差。

這時，路人大嬸又說話了：「陪他上救護車吧，送佛送到西呀！」她對誰說話，手帕女孩？拍照女孩？是鼓勵？是揶揄？我相信，誰也搞不清楚⋯⋯

那邊廂，手帕女孩陪伴剅面男孩上了救護車，救

護車絕塵而去了，拍照女孩癡癡地望着，顯得神不守舍。

這邊廂，支援的巡邏車到了，一隊警察兄弟下了車，帶隊的警長一方面呼籲目擊者提供線索，一方面則勸諭無關羣眾離開案發現場，看熱鬧的人們倒也合作，稍為安靜下來，乖乖地稍稍向後退下。

從來，在警界，案發現場都是線索的寶庫，許多疑犯或作案狀態的證據，都可以在犯案現場找出來。

別忘記，犬的嗅覺能力是人類的三千倍到一萬倍，只要疑犯在案發現場留下物品，我們，飽受訓練的警犬就能夠嗅出來。就在人們向四方散開時，我嗅到瀰漫在空氣中的隱隱約約的血腥氣味，我知道，證據就在眼前。

當中午的陽光乘人們散開時灑到那一圈地上之際，靈敏的犬眼立即看到那反射着耀眼光芒的小刀片。

一塊小刀片，正靜靜地躺在行人道上的啡色地磚上，在太陽照射下無所遁形，刀片的小小尖角，透着瘀紅色，冷酷地訴說着飲血的秘密。

「汪汪，陳 Sir，兇器在這裏！」我走到兇手遺下兇器的地方，後腿蹲下，汪汪地叫，向陳 Sir 發出訊息。

現場鴉雀無聲。

兄弟在發現兇器的地方拉起警戒繩，禁止外人進入。

如果不是我 Nona 露娜機靈，發現兇器，兄弟們便得進行勘察現場的程序：分成小組，地氈式逐吋搜索，從內到外，從左到右，從下到上，那可真費時失事了。

我沒有鬆懈，全副精神留意現場四處有沒有可疑人物，説不定，剝刀魔仍在附近，冷面冷眼冷笑，要跟警員玩捉迷藏，鬥機智哩！

陳 Sir 小心翼翼地用小鉗子夾起地上的刀片，不要小覷這塊小小刀片，它留着疑犯的氣味，可是將來的呈堂證據呢！

但兇手呢？只有兇器證物，抓不到人，有什麼用？誰來還剝面男孩一個公道？

疑兇本來近在咫尺，捉拿他只是舉爪之事，最可恨的是那條自稱 CID 的流浪狗，如果不是他的阻撓，剝刀魔早已是我 Nona 露娜犬齒下的獵物了！

今天的工作真不容易，現場很多人在走動，馬路大道有很多汽車駛過，人多車多，氣味混雜，偵查工作實在困難。

　　我用鼻子貼近地面，努力嗅聞，噢！疑兇的氣味就在這裏開始，向左前方伸展過去，對，這一條特別的氣味之路，就是刀片上留下的氣味！

　　陳 Sir 知道我有所發現，在後面緊緊跟隨着我。

　　「吱吱，喂，警犬大哥……」一隻膽大包天，不知死活的老鼠在路邊縫隙中鑽出半個頭來，呼喊我 Nona 露娜。怪不得新聞報道旺角到處巨鼠為患了。

　　「汪，不要吵，我正在工作！」我輕聲說，不想引起圍觀者注意，到時又節外生枝了。

　　「我要告訴你有關你那位朋友的事呢……你不想知道嗎……」鼠輩欲言又止。

　　「有話快說，別阻差辦公……」

　　「哇，吱吱，你的那位朋友呢……」

　　「汪，什麼這位那位？說！」我 Nona 露娜果然有特警風範。

　　「我是說，那條阿囉呢，嘻嘻嘻，吃了勁毒午餐肉，今趟沒命哩……」

　　對！Lord 阿囉！我倏地停步，回頭望去那邊廂，想看 Lord 阿囉怎樣了……

　　「吱吱，不用望了，鬼影都不見啦！」鼠輩即是鼠輩，說話總是鬼鬼祟祟的。

「不要以為只有你們警犬才懂得做偵察工作，我們老鼠個子小、嗅覺靈、動作快，做偵探，一點不比你們差，你知道嗎，人家美國有特警鼠呢……」

「汪汪，話說完了沒有，別阻礙我工作，走開！」

「怎樣了，Nona，有發現嗎？」陳 Sir 見我停步，向某處叫吠，輕聲問道。鼠輩怕被人類發現，倏地竄逃，無影無蹤了。

回頭望過去，那邊廂，Lord 阿囉和 cap 帽男已經失去影蹤了，地下只遺下一隻空紙碟，想是他的主人已經將他送去急救了吧？！

「願上天保祐阿囉平安。」唉，畢竟朋友一場，他又不是大奸大惡，我也不想他出事的，我心中暗暗為 Lord 阿囉祝福。

就在遇到巨鼠的附近路邊，剮刀魔的氣味突然消失了，他可能上了的士、小巴、巴士或是賊車什麼的，總之，我靈敏的犬鼻告訴我剮刀魔的氣味路線中止，我後腿坐下，望着陳 Sir，果然是多年拍檔，陳 Sir 立即意會，通知警長。

警長召來衝鋒車，一小隊人奉命到處兜截疑犯去。

「V 嗚 V 嗚 V 嗚……」另一輛衝鋒車疾馳而過，陳 Sir 的無線電話對講機響起：「油麻地有兩班飛仔

『吹雞』，我和 Rex 正趕去。」是 Rex 力士的領犬員何 Sir 的聲音。

油尖旺區，從來都是多事之地！飛仔們「吹雞」之地！

什麼是「飛仔吹雞」？純情的學生當然不知道，有些「純潔」的老師也未必會知道。

「飛仔吹雞」是警察部門行內語，我 Nona 露娜在警隊這麼多年，當然領教過「飛仔吹雞」這種事。

兄弟們說「飛仔吹雞」，是指一羣不務正業，既不工作，也不上學的青少年，即「飛仔」，他們糾集在一起，結成黨結成派，或奇裝異服，或暴露潮服，愛在街上閒坐吸煙，遊蕩生事，糾黨講數。如有需要，立即電召人馬趕援，叫做「吹雞」，就有如上體育課，老師吹哨子集合學生訓示一樣。

這和「曬馬」有什麼不同？

我當然知道，待日後有需要時，我一定告訴你，作為罪惡剋星，我們知道的社會秘密可多了。

還是說說我的白馬王子 Rex 力士。

Rex 力士！一個多麼英偉的名字！一個多親切多使人思念的名字！

衝鋒車經過，我 Nona 露娜看見 Rex 力士氣定神

閒地坐在裏面，對他來說，對付不良少年，easy job 啦。
當年某一次，他跟領犬員何 Sir 在油麻地巡邏。油麻
地是九龍老區，住了許多貧下階層，也多老人家。這
些老人家，最愛在廟街氣根懸垂飄晃的榕樹下納涼談
話。

一次，何 Sir 和 Rex 力士在街上巡邏，看見兩個
兄弟正向三個可疑少年問話，才十三四歲的少年，染
了一頭金髮，加上前面一縷灰銀，金銀奪目，引人注
意，他們的手上，都圈上一環黑色繩帶，襯托着臂上
的彩色紋身，貼身的 T 恤，有破洞的牛仔褲，加上滿
身嗆人嗆犬的煙味，十足的時下「飛仔」型格。他們
態度囂張，放肆地跟警察爭吵不停：

「身分證？冇呀！點吖？」

「行街囉，係咪唔得先？」

「非法集會？你邊隻眼睇見？」

「三個人就非法集會？你睇，嗰邊夠有三個耆
英*咯，去捉佢哋吖笨！」

囂張放肆，橫蠻無理，不聽指令，兄弟為之氣
結。這時，何 Sir 和 Rex 力士巡邏而至，Rex 力士走

*耆英：廣東方言，本是對長者的尊稱，但有些人卻把它作貶意使用。

近他們，微微昂頭咧齒，佯作怒目直視，三個囂張少年頓時害怕得閉嘴，簇擁在一起，不敢作聲，乖乖地讓兄弟搜身，兄弟在他們的褲袋中搜出兩個 PVC 膠錢包。

「這是什麼？」

「……」沒人回答。

「這錢包不是你們的吧？」

打開錢包，看見內有身分證和照片。

「你們為什麼有人家的身分證？」

「……」保持緘默，這是犯人權利，少年竟然懂得？

Rex 力士在錢包上嗅聞一番，把氣味儲入記憶庫中，忽然，他頭一歪，扯着何 Sir 便向前走，帶領何 Sir 走到不遠處榕樹下正在談話的三位老人家身旁，停下步來，後腿坐下，示意找到目標，何 Sir 一看，其中兩位果然是身分證上的照片中人！

少年扒手膽大包天，作案後竟然留在現場，想看受害人發現不見錢包時的震驚反應，這是什麼犯罪心理？

人證、物證、物主俱在，「打荷包」少年無話可說，束手待擒。

「汪汪汪，哼，還叫人家耆英？老人家的錢包你們也打主意？歪賊！沒天理！」Rex 力士最恨恃強凌弱之徒，當然是怒吠訓斥那班少年匪賊。就是他這種俠義精神、俠士風範，叫我折服，叫我心儀。

從此，「飛仔剋星有阿 Rex」傳遍警犬界。警犬老爸說 Rex 力士是警犬隊中的「爛仔」，真的漢子，個性堅強硬朗，活潑爽直，沒耐性跟你磨蹭，不扮斯文討人歡喜，他辦案出爪快，絕不拖拉，出口狠辣永不留情，對付「飛仔」、「爛仔」、流氓、悍匪最合適不過。

今次接到「飛仔吹雞」的線報，當然就由「警隊中的爛仔漢子」Rex 力士出馬。

瞥見 Rex 力士的俊臉，我倒有點擔心起來。他因為過度活躍，尾巴總愛猛力搖擺，結果時時碰傷，撞傷，拍傷，引致尾巴潰爛，「爛尾」的結果是要做手術，把「爛尾」切短。我還記得不久前，這小子剛做完手術時，尾巴戴着白色罩子的怪模樣，才休息兩個星期，他已經復原了嗎？傷口不痛了嗎？不礙工作了嗎？聽說他在入醫療室時尾不垂，背不豎，一點也沒有表現害怕，完全沒有其他犬隻不肯進入醫療室的不合作舉動，反之，他是開心興奮地衝入去，還狂舔負

責為他「切尾」的梁醫官！

多麼奇特勇敢的犬！叫人情不自禁愛上的犬！他絕對是我的白馬王子！

油麻地，一向是香港治安不大好的一區，時常發生搶劫案、迷魂案、販毒案、風化案、械鬥案等林林總總的罪惡。

今天上演的是「飛仔吹雞」，「金毛獅王」對「紅毛猩」。

第四章　為什麼不回家？

　　油麻地，香港舞台，今天上演的劇目：「飛仔吹雞」；主角：「金毛獅王」和「紅毛猩」。

　　飛仔飛女們失學失業失戀失家庭，是名副其實的「四失青少年」。他們遊手好閒，不愛上學，不想工作，不屑回家，只愛聚集街上，或流連網吧酒吧的士高，抽煙飲酒聊天跳舞啪丸*食大麻，說是叛逆青春，反抗傳統，挑戰權威，尋找認同，以證明自己存在的價值。他們結黨生事，常藉故大打出手，發洩用不盡的精力和壓抑不住的亢奮，平衡失調的內分泌。對他們來說，流汗固然無所謂，流血也在所不惜。暴力往往是生存條件，欺凌是童黨的文化。他們當然需要金錢，所以常做犯法的勾當，失手後被拘留，拘留後被審判，審判後被送去男童院或女童院或牢獄，將來是得到重生還是回去舊路而最後走上末路，誰曉得？

　　飛仔有事，懂得「吹雞」，打電話召集人馬；我們警隊，當然更懂得集結警力「捉雞擒馬」。

*啪丸：香港對服食軟性毒品的俗稱。

　　Rex 力士抵達現場，精神抖擻，隨時候命。

　　「汪汪，兄弟，竟然早我一步到達！」說話的是另一頭警犬 Bo Bo，德國牧羊犬。

　　原來事關「場面偉大」，警隊派出兩頭警犬去鎮壓。

　　本來，我們瑪蓮萊犬、牧羊犬和狼犬都做着牧羊工作，後來人們發現我們軍事偵察、警務偵緝、海關搜查、消防搜救等樣樣皆能，故被培訓作軍犬、警犬、海關犬、消防犬、拯救犬等等。由於我們瑪蓮萊犬跑得比牧羊犬和狼犬快一倍，表現卓越，更被譽為全方位職能犬種，又沒有巨大犬隻如牧羊犬和狼犬的髖關節退化問題，所以深受警隊青睞。

　　Rex 力士是瑪蓮萊犬，Bo Bo 是德國牧羊犬，論關係，他們除了是同袍外，也算是遠房親戚。我們瑪蓮萊犬是牧羊犬和狼犬的表兄弟的表兄弟。表兄弟上陣，大家一定以為會合作無間吧？事實上，高大威猛的表哥的表哥從來就不把他們的遠房表弟妹放在眼內，還常常昂頭翹嘴驕傲地揶揄我們說：

　　「看你只有三分似狼犬，實則七分似唐狗，做超級特警，就憑你？！」牧羊犬跟狼犬說的是同一番話，簡直同一鼻孔出氣。

今夜，是飛仔金毛獅王對紅毛猩的兩幫派之戰。

只怕，也是瑪蓮萊犬跟德國牧羊犬，Rex力士和Bo Bo的英雄之爭。

聽說，金毛獅王和紅毛猩兩幫派素有積怨，一向勢成水火，互相看對方不順眼。據說，金毛獅王和紅毛猩二人以前都在同一所學校讀書，紅毛猩比較高班，金毛獅王常被他欺負，二人曾約同「死黨」到廁所講數，然後大打出手，最後被逐出校，兩人在校內的恩怨，校外延續，多年不解。

金毛獅王一幫，有十多個成員，老大金毛獅王才二十歲出頭，身形健碩，一身肌肉，六塊腹肌是他的招牌，金毛獅王幫愛將頭髮染成金色，劃一金髮，愛在油麻地一帶「胡鬧玩玩」，或者「做世界＊」，傳聞近日發生多宗街頭「快閃黨鬧劇」，即湧到街頭做出古怪動作吸引途人注意哄笑然後候地消失的，便是他們。遇着特別日子，如煙花匯演、傳遞奧運聖火等人眾匯集的活動，他們就會「過界搵食＊」，所以跟鄰區的紅毛猩一幫種下仇怨。

＊做世界：廣東方言，做不法勾當。
＊搵食：廣東方言，本意為找吃的，引申為工作。此處指一班不良少年打算趁人多的時候下手，從羣眾身上得到好處。

　　紅毛猩一幫，也有十來個成員，老大紅毛猩二十多歲，比金毛獅王年長一點，卻比金毛獅王矮小一點，正因自身的這一點遺憾，他莫名其妙地憎恨金毛獅王，當然，還包括金毛獅王那頭蓬鬆、像瞧不起人般的金毛。紅毛猩不是他自詡的，而是江湖封贈的，據說他被稱為「紅毛猩」，是因為他背上有一幅佔整個背部的紅毛猩猩紋身，他的年紀比金毛獅王大一點，江湖經驗又比金毛獅王多幾年，他手下大漢多的是，要加入他的幫派，也須在兩臂上紋上紅毛猩猩，如果在幫裏升了級，才可以在背部刺上紅毛猩猩紋身，當然要比紅毛猩背上的細小，老大即是老大嘛。

　　線報說兩幫人馬會在這一天來個了斷，警隊弟兄趕到時，他們正在大排檔糾集，已經翻了枱，拿出了刀棍，擺好了姿勢：金毛獅王幫劃一金毛頭，十分搶眼；紅毛猩幫全部赤裸上身，露出背上或手上赤紅的紋身，明目張膽顯示江湖野性。

　　大排檔，是一些老區特色，做飲食的，不是在大廈建築內，而是在街頭搭建的鐵皮簷篷下，洗切煮就在鐵皮簷篷下的鐵皮攤檔中進行，旁邊放置了招呼顧客的桌椅。光顧大排檔的，多數是基層市民或獨愛某大排檔風味鑊氣的食客。由於價錢便宜，風格自由粗

獷，沒有拘束，大排檔當然深受四失青少年歡迎。

衝鋒車飛馳而至，在兩邊街頭停下，車門打開，跳下 Rex 力士和 Bo Bo，各自緊隨自己的領犬員，聯同其他弟兄，迅速向大排檔夾道包抄而至，要將「飛幫」一網成擒。

兩幫手持利器正要拚個你死我活的飛仔，一見警察，立即轉身向外，背對着背，擺好一副團結對外，要跟警察警犬廝殺的樣子。對方手持利器，兄弟們也把手按在腰際的槍柄上，聽候號令。

一場警匪搏鬥看來不能避免了。

「汪汪汪！」一犬吼叫，已經懾人，兩犬齊吼，駭人可知！ Rex 力士和 Bo Bo 齊聲怒吼。

飛仔中的膽小之徒開始顫慄了，Rex 力士和 Bo Bo 清楚地嗅到他們身上腎上腺素排出的緊張氣味。

「不要後退，不用怕，論打鬥，他們是初哥！看，有些更是四眼警察，怕什麼！」紅毛猩紥馬橫刀，果然氣勢懾人，始終他年紀較大，橫行已久，較難制服，沒有實際行動，不易將他擒住。

說時遲，那時快，紅毛猩像吃了豹子膽般，揮刀向着 Bo Bo 的領犬員陳 Sir 砍下去（注意，此陳 Sir 不同彼陳 Sir，我 Nona 露娜的兄弟忠仔陳 Sir 叫陳忠）……

陳 Sir 來不及拔槍，也來不及下令 Bo Bo「ATTACK」。

「危險呀，Bo Bo，看刀呀！汪汪汪！」Rex 力士大聲吠叫。

好一頭 Bo Bo，不等陳 Sir 下令，已經就地縱身躍起，對準紅毛猩的手臂噬下去，紅毛猩自小在街頭長大，打架無數，身手不凡，怎會輕易就擒？只見他一個側身，避開 Bo Bo 攻勢，手腕一轉，向着 Bo Bo 的犬頭就劈下去，好一頭 Bo Bo，犬頭一歪，空中一個扭身，避過紅毛猩的劈勢。

說時遲，那時快，一條黑影閃動飛躍，和 Bo Bo 正在扭動的犬頭碰個正着，但同時，只聽到紅毛猩發出連聲慘叫，利刃「嘭」的一聲墜地，紅毛猩的手臂深深陷在 Rex 力士的利齒中，痛得「哇哇哇」大叫。

Bo Bo 翹尾露齒，怒視 Rex 力士，吼叫道：

「汪汪，誰要你來爭功？！」Bo Bo 的尾巴高高豎起，兩眼通紅，怒火像要從微凸的雙眼中噴射出來似的。

Rex 力士的頭與 Bo Bo 的頭相碰，隱隱作痛，嘴巴又正咬住紅毛猩，正是又痛又氣，卻只能眼睜睜看着被 Bo Bo 斥罵不能反駁，有口不能解釋！

　　好心沒好報，向來不羈的 Rex 力士動氣了，頭一甩，更用力地咬緊紅毛猩的手臂，痛得紅毛猩跪倒在地上，一眾嘍囉噤若寒蟬，不敢動彈，不敢作聲，始終，被犬咬的滋味絕不好受。

　　直至 Rex 力士的領犬員何 Sir 下令：「LEAVE！」Rex 力士才悻悻然地鬆開了口，站在何 Sir 腿側候命。犬齒一鬆開，鮮血，立即從紅毛猩赤裸的手臂上涔涔滴下……何 Sir 拿出手銬，要銬住紅毛猩雙手，免生危險，這時，紅毛猩忽然向何 Sir 哀求道：「阿 Sir，我要小便。」

　　何 Sir 不虞對方有此一着，心頭一愕，還未來得及回應，紅毛猩發出哀求道：「阿 Sir，真的好急！忍不住了！」雙手就要去鬆脫褲子上的皮帶。

　　這時，其他兄弟正在對付一干人等，喝令他們面向牆壁：「蹲下，把手放在頭上！」他們的注意力全放在對付一干人等上。

　　紅毛猩正在脫褲子，因為緊張，雙手一直震顫，一條皮帶總是解不開，Rex 力士和 Bo Bo 正要咧嘴偷笑，忽然，紅毛猩以極快的速度扯下皮帶，手一揮，皮帶金屬扣就向何 Sir 頭上砸下去，來一個要你猝不及防。

　　沒有人預見受傷的紅毛猩會作垂死反抗！

　　皮帶甫一揮動，一條黑影已飛躍而起！

　　好一頭 Rex 力士，一直盯着紅毛猩，沒有一刻鬆懈，一見皮帶影子晃動，知道疑匪想襲擊主人，不等號令，縱身一躍，咬住皮帶，皮帶金屬扣「噹」的一聲，撞到他頸上的犬牌上，Bo Bo 見狀，也一躍而上，嚙着紅毛猩的手臂，為他的手臂再添幾個洞。

　　「LEAVE ！」控制了場面，陳 Sir 下令道。

　　「咔嚓！」何 Sir 立即將紅毛猩的雙手鎖上手銬。

　　「汪，還不多謝我？」Bo Bo 鬆開了犬齒之後，高傲地對 Rex 力士說。

　　更高傲的 Rex 力士站在何 Sir 腿邊，昂頭偏首，耳朵前傾，道：

　　「汪，大家扯平！」

　　兩頭警犬，「汪」來「汪」去，頂嘴，吵架。

　　這時，只聽見「嗖」的一聲，紅毛猩的褲子猛然褪下，露出紅白間色的「孖煙囪」內褲，紅毛猩將兩腿盡量左右擘開，想阻止褲子下跌之勢，情況狼狽之極。

　　「汪汪汪汪！」正在鬥嘴的 Rex 力士和 Bo Bo 哈哈哈哈大笑起來，警官們紛紛轉過臉去，強憋着嘴，

不讓笑聲爆發出來。

「人家『甩』褲，你們還吠？！」強忍着笑的何 Sir 佯作斥責 Rex 力士和 Bo Bo 道，還動手為紅毛猩扯上褲子。

兩頭威猛的警犬立即收斂笑意，一邊瞪着賊人，一邊繞着紅毛猩團團轉，監視着，看着紅毛猩臉色由白轉紅，由紅轉紫，唉，可憐的紅毛猩，在解皮帶的那一刻，你就該知道有這結果，枉你是「江湖大佬」一個！

向牆的那一邊，警察弟兄還不知道發生紅毛猩垂死反擊、警犬勇戰猩猩事件，他們正在埋頭向其他人錄口供，發覺他們都是很早便輟學的「失學人」：

「你才十三歲，為什麼不上學？」

「為何要上學？讀書又跟不上，跟班 friend 去玩，更過癮。」一個叫劉華的金毛飛仔翹着嘴露出哨牙說。

「你呢，才十四歲，又為什麼不上學？」

「那些同學都是衰人，天天欺負人，叫我『肥仔』，老師又不理會，冇癮。」

「原來是你，你叫黃非，早前在學校，同學親暱地喚你『非仔』、『非仔』，你便說人家嘲笑你『肥仔』、『肥仔』，因而打架，還要用菜刀斬人，是

嗎?」金毛肥仔低頭不語,雙下巴摺成四層。

「你叫鄭廷鋒?住在九肚山?有錢仔喎,為什麼不回家?做什麼金毛飛?」

「家中爸爸跟媽媽,媽媽跟嫲嫲,日吵夜吵,天天打四片,為什麼要回家?我跟『大佬』更好過……」有着圓大多肉的鼻子的富貴金毛廷鋒説。

「什麼打四片?你是説打牌,打四圈?」

「阿 Sir,真還是假?連打四片也不知道是什麼??四片嘴唇互相臭罵呀,Sir!」反叛的鄭廷鋒瞧不起警察無知般,不屑地説。

「喂,你醒醒,迷迷糊糊還跟人來打架生事?」一位兄弟拍着一個分明吃了搖頭丸的小紅猩的臉説。

「糖果派對……糖果派對……」面無血色的小紅猩迷迷糊糊地説,後來我們才知道,他叫周馳,爸媽要離婚,爸爸有「二奶」,媽媽要再嫁,兩人都不要他,他才十二歲……

「人稱『紅毛猩』的就是你,做『大佬』?」紅毛猩鐵青着臉,憋着兩片薄薄的嘴唇,任何人都看得出,一副倔強的嘴臉下,那顆憤怒的心。

這個青年,為什麼這麼憤怒?行為這麼偏激?出手這麼狠毒?他到底惱誰?恨誰?

「什麼名字？」

「紅毛猩。」

「真實姓名。」

「紅毛猩。」

「喂，不要玩弄阿 Sir，説，姓名。」

「阿 Sir，我真是洪毛星，三點水加個共，毛主席的毛，曰生星。」

「哈……」兄弟們差點失笑。

「住在哪裏？」

「……」

「父母住在哪裏？」

「坐牢……」

「兩個都坐牢？」

「……」紅毛猩把頭垂得低低的，不讓人看到二十歲的眼中的淚光。

這羣青少年，背後的悲傷故事説不完，聽得眾兄弟神色黯然，兩頭警犬也耳朵向前，心情沉重，大生同情之心。紅毛猩流在地上的一灘血，又會訴説怎樣的痛苦成長故事呢？

我們雖然離鄉別井，和爸媽分開，但我們有愛護我們的警犬老爸和領犬員兄弟姊妹，有對我們照顧周

全的學堂，有一起受訓，並肩作戰，情同手足的警犬同袍，雖然我們之間也有誤會爭執歧視不開心，但只要我們滿足於自己所擁有的，盡所能貢獻自己，不是一樣可以生活得快樂幸福嗎？

這些人類的孩子，雖然來自破碎家庭，但也可以嘗試不要這樣自暴自棄，傷人而不利己吧？

事後，Rex 力士向我們繪聲繪色地講述「捉雞擒馬」的故事，並且不停地發表意見。他的豪邁、機智、不亢不卑，他說故事的本領，深深吸引了眾犬，尤其是眾犬女，我對他，當然更平添喜歡，甚至仰慕。

可恨的是 Rex 力士和 Bo Bo 因為咬人，又要被罰坐牢隔離了。

警犬隊就是有這古怪規矩，用犬齒立了功，代表畫花 File*、煩惱上身、坐牢隔離、觀察報告等。

Rex 力士，我為你不值！真的！

---

*畫花 File：香港用語，在個人檔案裏留下不好的記錄。

第五章　泅渡山貝河

　　唉，我 Nona 露娜已陷入愛的漩渦中，不能自拔了。

　　我 Nona 愛上 Rex 力士了！

　　那麼，那穩重可靠的 Max 麥屎哥哥呢，我捨得放棄嗎？

　　還有那癡心求愛的 Tyson 泰臣呢，他那麼愛我，我該讓他傷心嗎？

　　煩死了！

　　我 Nona 露娜的煩惱，警犬老爸不會知道，他就像人類的爸媽一樣，以為身為家長，一定會明白子女的心事，可是，最近我的毛脫得很厲害，老爸，你知道嗎？

　　我為什麼會脫毛？我自小離開媽媽，怎麼會知道？人類的女孩生理上有變化，可以告訴媽媽，詢問媽媽，我呢？你叫我問誰？我最親的「親人」？警犬老爸？領犬員陳 Sir 忠仔？還是哥哥 Max 麥屎？女孩子的事，問這些男生，可以嗎？他們會明白嗎？能夠

給我指導嗎？

我為了脫毛事件，擔心了好久，我是不是有病？

我為了脫毛事件，也不開心了好久，因為我的樣子太難看了。

脫毛了的犬，無論是全身光禿或是局部脫落，都不會好看，不，説明白一點，是醜陋，醜怪，醜態。

沒有人或犬察覺我這小犬女的心事，沒有人或犬可以為我分憂。

只是，有一次，上課完畢後，Max 麥屎哥哥輕舔着我的臉，關心地問我：

「Nona，你不開心嗎？」每次下課後，我們都有休息時間，可以自己嬉戲交談，Max 麥屎哥哥便是利用這個時間走來和我攀談。

「不，不，沒⋯⋯沒有⋯⋯只⋯⋯只是⋯⋯」唉！實在説不出口，我垂頭耷耳，轉身準備跟忠仔離去，我不想 Max 麥屎哥哥看清楚我的鬼模樣，中文「醜」字有隻「鬼」，原來真的有意思。

「Nona，Nona，一起玩，一起玩。」Tyson 泰臣連跑帶跳衝到我跟前。

「走開！別騷擾 Nona！」Max 麥屎哥哥沉聲喝道，強悍的洛威拿犬又豈肯聽命於瑪蓮萊犬？只見他

耳朵立即往兩邊張開，恣張頸毛，用銳利的眼神怒瞪 Max 麥屎哥哥，甚至撅起嘴唇，露出牙齒，Max 麥屎哥哥當然也不甘示弱，擺起一副「老大」的姿勢。

校場上，兩頭巨犬對峙，犬毛隨風揚起。

Max 麥屎哥哥和 Tyson 泰臣，目不轉睛逼視對方，像是要使對方心怯，最後怯懦地垂下眼簾，害怕地移開眼神，惶恐地夾着尾巴逃遁，或是翻起肚皮，俯首稱臣為止！

他們又為我爭執了，難道他們忘記了有一次為我爭執以至互相扭打噬咬，結果慘被嚴懲的教訓了嗎？

我自己正在鬧情緒，沒心情理會他們。

我急步走去追隨忠仔，雖然，忠仔並沒有下指令要我跟他走。

忠仔正跟警犬老爸説話，我因為緊隨着他，他們的對話，便被我「無意中」聽到了。

忠仔：「吳 Sir，Nona 近來脱毛，情況很嚴重呢。」

警犬老爸：「看來小妮子長大了，發情了。」

忠仔：「發情？那可要為她找戶好人家囉。」他語氣興奮，像要嫁妹。

警犬老爸，我不是發情，我是為愛情而煩惱呀！

警犬隊有 2X IT。

　　無庸置疑，我最喜歡的是小 X —— Rex 力士，年輕英偉，活潑機智，幽默風趣，他的一言一笑，只會讓你覺得輕鬆快樂，毫無壓力，他是我心中的白馬王子。只是，他對每一頭犬女都親近，都親熱，老實說，在愛情上，我對他沒信心，也真的不知道他到底愛不愛我。

　　心底裏，我也喜歡大 X —— Max 麥屁哥哥。他穩重堅定，身手不凡，智勇雙全，有王者的風範。他對我照顧有加，我對他，是景仰，是愛慕，有什麼事發生，我第一個想到的就是他，但一直以來，他對我只是表示關心，也從沒說過愛我。

　　至於膽識非凡，戰功彪炳的洛威拿犬 1T —— Tyson 泰臣，一定不是我最愛的。他性情暴烈，勇猛強悍，愛口出狂言，沒有禮貌，但他卻對我萬般溫柔，甚至肯直接地、公開地表示：「愛死你、愛死你。」更為了我患上狗狗抑鬱症，出現愛追咬尾巴，撲咬蒼蠅等抑鬱症症狀！他的癡情，令我感動，但這就是愛情嗎？

　　唉，我最愛的不知道他愛不愛我。

　　我想愛的又不敢去愛。

　　不是我最愛的卻又最愛我。

　唉唉，警犬老爸，我該怎樣做？我煩惱死了！

　看！我身上的毛又脫落了一大片！

　我正心煩之際，聽到警犬老爸說：「我心中有數哩，明天我會安排。」老爸撫摸着我的背，慈愛地望着我，嘴角微微翹起，狡猾地奸笑。

　是什麼安排，警犬老爸沒說。我雖然情緒低落，但面對尊敬的、親愛的警犬老爸，為了禮貌，我也不得不咧嘴而笑。事實上，無論警犬老爸有什麼安排，我都不會懷疑，信任主人，忠於主人，是犬和狗的天性唄。

　午課集訓，警隊如臨大敵，高級警司親自出動訓示：

　「最近新界九龍，甚至香港島，都發生跟偷渡客有關的罪案，我們尤其要加強新界巡邏。」

　好哇，青山綠水，藍天白雲，不用嗅都市廢氣臭味，令我頓時開心起來。犬類不同人類，鬧情緒、不開心，也是短暫間的事，吃一頓美食，玩一輪遊戲，跑跑跳跳幾個圈，睡一個大覺，什麼不高興不開心也就煙消雲散了。

　「明天，警隊將安排一個 Six，四人小隊連同兩頭警犬到新界行 beat，你們要小心 I.I.。」

I.I. ？我 Nona 露娜當然知道是什麼，就是非法入境者。我心中抽了一口涼氣，只怕青山綠水中，藍天白雲下，將有大事發生。

「前幾天，在港島區，三名軍裝兄弟在上環巡邏到半山堅道，便發覺有一名男子，形跡可疑。兄弟上前截查，疑人立即發難逃跑，衝下樓梯街，向普慶坊方向狂奔，兄弟當然狂追不捨。疑人為了甩掉追捕，竟然閃身躲在停泊街頭的客貨車車底，幸好被接獲線報的另一名巡警兄弟看見，四人合力將他從車底拉出來。期間疑人拚死反抗，更將一名兄弟咬傷，另兩名抓傷。後來盤問下，知道他來自四川，身上藏有刀片，準備打劫。」

出口咬人？眾犬聽到這件事，都氣得牙癢癢的，恨不得跟他來個「隻咬」、「鬥咬」，看看是他的牙尖還是我們的齒利！警司的講述使我們翹首豎毛，磨牙擦掌，想立即出勤。

「還有，昨天，警犬學校附近的落馬洲也發現兩名偷渡客，分別是二十九歲和三十八歲，打扮新潮，穿緊身背心及四骨褲，扮作香港人，想瞞天過海。凌晨時分，他們躲匿在中港邊境禁區鐵絲網外草叢中，準備潛入市區作案，被三名穿迷彩衣騎腳踏車的邊防

巡警發現。正上前喝令疑人受查之際，疑人突然發足狂奔，三名巡警當然狂追不捨。當其中一名疑人被捉住時，忽然用『頭槌』襲擊警員，結果兩名手足被頂撞得頭爆血流，牙齒脫落，受傷倒地。」

哼，「頂頭槌」？如果有我們在，看他們還敢不？！

汪汪汪，派我們出去吧！眾犬不服，磨牙擦齒，要跟賊人「頂頭槌」。

到底是哪兩名兄弟受了傷呢？看見忠仔無恙，還腰骨挺直，精神奕奕地站立聆聽訓示，我不但放下心來，心中還不禁讚歎：「好一個男兒當自強！」

警犬老爸見羣情洶湧，知道大夥兒對付賊人的決心，宣布說：

「明天，我會宣布，你們當中誰被安排新任務，負責到新界行 beat。Dis-miss！」警犬老爸下令。

第二天大清早，忠仔來了，興奮地拍着我的背說：「Nona，新界一日遊！」

「哇！是我！可以去玩『鬥咬』和『頂頭槌』？太好了！」我高興得差點跳了起來。

等候出發時，我心中納悶：「我今天的拍檔是誰呢？」

「汪，哈囉 Nona。」輕輕的一聲呼喚，溫暖，親切。

不用回頭，我已經知道是誰！Max 麥屎哥哥！

「汪汪，麥屎哥哥，怎的又見到你？」我愉快地回應，睡了一夜好覺，今早又沒照鏡子，我已忘記了脫毛不美的事了。

「大個女了，還叫我諢名？叫我 Max。」

我還未回應，便聽到緊急召喚：「伙記，元朗舊墟發生休班女警被賊人持刀行劫及刺傷案，賊人逃逸，快派警犬增援搜捕。」

一隊人犬，直馳元朗舊墟。

「Nona，匪徒兇殘，萬事小心啊。」Max 麥屎哥哥在我耳邊輕聲叮嚀，像男朋友對女朋友的輕言軟語。想起剛才他要我叫他 Max，多甜蜜！多溫馨！他是不是愛上我？想來又不是，從小到大，他不都是這樣看顧我？

我甩甩頭，叫自己不要胡思亂想。

Max 麥屎哥哥，是我們警犬隊的大哥，更是我們瑪蓮萊犬的領袖，任何時候，他都能夠起帶頭作用。許多時，遇到高難度的訓練或要求，一些警犬會表露遲疑，甚至膽怯，尾巴低垂不敢上前，警犬老爸便會

示意 Max 麥屎哥哥上前，他也立即毫不猶豫地衝上去，一躍而起，姿態美妙地跨過障礙，在 Max 麥屎哥哥的示範下，其他犬隻也就除去畏懼，完成要求，而他也樂意照顧隊員，所以警犬老爸總說：「Max，是警犬隊班長。」這樣的超班犬，怎會看上我這小犬女？！

下車了，我伸伸腰舔舔舌，提醒自己集中精神工作，不要再發青春大夢。

噢！元朗的空氣特別清新！怎會發生兇案？

元朗舊墟采葉庭停車場外，受傷的 Madam 陳被抬到救護擔架上，臉色蒼白。

她說：「我在停車場取車，忽然，有人在後面用刀架在我的頸上，操外地口音喝道：『勿動！打劫！』劫匪是一名男子。」

Madam 陳身為女警，豈肯輕易向賊人屈服？本能上當然反抗，並且大叫：「有賊呀！打劫呀！」

賊人見獵物反抗，舉刀便刺……就這樣，Madam 陳受傷倒地。

Madam 陳受傷倒地之後，賊人本來還想揮刀再刺，殺人滅口，幸好街上路人聽到呼喊聲，紛紛走來看個究竟，賊人見事情敗露，怕被人看到他的容貌，

73

立即奪路逃跑，好心的路人紛紛致電報警，當日 999 便收到十多個報告同一案件的電話。

原來，市民愛管閒事也能夠發揮積極作用的。

受傷的 Madam 陳說賊人很年青，才二十多歲，持刀的食指發黃，滿身煙味。

我 Nona 露娜和 Max 麥屎哥哥一到達案發現場，便忙不迭嗅索由賊人遺下的氣味，Madam 陳的肩膊、汽車車門邊、頂蓋上，布滿跟她胸膛刀柄上一樣的氣味，這獨特的由賊人身上的皮膚、汗水和分泌形成的隱形氣味，隨着空氣流動，形成一條清楚的氣味路線，引領着我們和一眾兄弟一路追蹤。我們在元朗舊墟左拐右轉，一會是走入橫街，一會又跑出大路，停在老婆餅店前嗅聞。

「哈，媽咪，警犬想吃老婆餅呀！」一個胖小孩拉着他的媽媽說。

「是嗎？你真聰明唷，知道警犬饞嘴想吃老婆餅。」那個媽媽讚賞胖小孩說。

「汪汪，哎，警犬在工作呀，老婆餅！」氣壞！

豈有此理！這「蠱惑」疑兒，或者要和我們捉迷藏；或者以為多拐幾個彎，我們便找不到他；甚或以為老婆餅的氣味可以掩蓋他的體味，故意在老婆餅店

停留，想混淆氣味，妨礙追蹤。他不知道的是：犬鼻靈敏，氣味記憶庫歷久常新。

轉了近一個多小時，緊緊跟循氣味路線，進入了南生圍，一直到山貝河邊，氣味路線突然中斷！他跑到哪裏去了呢？

奇怪，濕軟的河岸泥土下，有濃烈的疑兇氣味，Max 麥屎哥哥，噢不，他叫我喚他 Max，也和我在同一地點迴旋，難道疑兇把自己埋在泥土下？

Max 麥屎也再三嗅聞，確定了疑兇的氣味位置，於是「汪汪」示警。

我 Nona 露娜則用爪狠抓地下，忽然感覺濕泥下面好像有點東西。

「Nona，你找到什麼？」

電筒一照之下，兄弟們發覺泥土鬆鬆的，有被挖掘過的痕跡，他們找來一塊木條，向下挖掘：「是一雙球鞋。」

疑兇埋下球鞋做什麼呢？

「鞋在這裏，難道疑兇棄鞋而逃？」一位警官說。

「鞋在這裏，疑兇一定還在附近。」另一位警官說。

要不要繼續追？要追？東南西北哪個方向？

還是在附近搜索？眾兄弟用電筒四處照射，匪蹤杳然，有點茫無頭緒。

陳 Sir 和 Max 麥屎的領犬員通 Sir 望着我和 Max 麥屎，盼望我們有所表示。

山貝河流水汩汩，岸邊野草叢生，四周樹木茂密，加上夜幕低垂，沒有路燈，賊人要躲起來，也實在容易。

這一夜，月沉星稀，草叢中只見螢火點點，四處響起蛙聲咯咯伴着蟲鳴啁啾，我和 Max 麥屎翕動鼻翼，在岸邊上下嗅索了兩個小時，「兇手，你在哪裏？」

「沒有收穫，要收隊了嗎？」警官們商量着。

相信我 Nona 露娜，如果不是流水中斷氣味，以我們靈敏的嗅覺，要找到他絕不困難。

「噢，流水中斷氣味？流水？」我若有所悟，挺起背項。

「汪汪，Nona，氣味在這裏消失，我想疑兇借水過了。」Max 麥屎和我心靈相通。

「流水會中斷氣味，如果他跳入水中泅游，氣味路徑會中斷！」Max 麥屎望着山貝河，推測説道。

「對！他企圖令我們不知他的去向！」

我和 Max 麥屎在山貝河邊疑兇埋鞋的地方停步，不停團團轉，哼哼地噴着鼻息。聰明的領犬員知道事有蹺蹊，解下泊在山貝河邊的一艘艇。

「COME ！ Max ！」

「Nona ！ COME ！」

我和 Max 麥屎本來商量着游過對岸捉賊，現在警官們要划艇過岸，我們也樂得不用弄濕身體。

離岸幾呎，疑兇氣味又再出現了！我和 Max 麥屎在艇上興奮得全身肌肉繃緊，毛髮直豎，尾巴上指，陳 Sir 和通 Sir 知道我們有所發現，下令道：

「Max，SEARCH ！」

「Nona，SEARCH ！」

艇未完全靠岸，Max 麥屎和我已經跳下水裏，奮力游向岸邊。

「汪汪！汪汪！」汪汪嚎叫，犬未到，聲先到。

目標氣味濃濃地在前面凝聚，我們嗅到，正確的位置就在前方草叢的左邊，他，疑兇，正伏匿在草叢中。

「汪汪汪汪！汪汪汪汪！」我們狂聲叫吠，連聲唬嚇，先聲奪人，要嚇他一個膽戰心驚，來個先發制

77

人。

　然後，我們採取匍匐前進的姿勢，慢慢接近疑兇，讓警官電筒照射，使疑兇無所遁形！

　他就伏在近河岸的雜草中，位置正對着對岸我們停步的所在。

　他全身濕漉漉的，面下背上，蜷曲匿伏在草叢中，手持利刀，伺機而動。

　「什麼人？舉起雙手，站起來！」兄弟們大為緊張。

　疑兇慢慢地從草叢中站起來，忽然一個撲身，想抓住最接近他的一位兄弟做人質，威脅其他人。

　身旁一陣風起，好一頭 Max 麥屎，不等通 Sir 下令「ATTACK」，就撲身躍起，一口就要咬住疑兇持刀的手臂，疑兇也非等閒之輩，側身一跳，避過 Max 麥屎的犬口，手起刀落⋯⋯

　這時，我已撲身而上，咬住疑兇大腿向下扯，疑兇慘叫一聲，站立不穩；Max 麥屎一撲落空，再撲咬住疑兇持刀的手臂，疑兇手腕一鬆，兇器應聲跌落，Max 麥屎乘躍起之勢向上揪，我們一左一右，將疑兇整個人撲倒，重重摔在草叢上！

　為防止他再出手突襲，我們牢牢咬噬不放，一條

79

腿一隻臂。

警長拔出槍來指着全身濕漉漉的疑兇。

「LEAVE！」通 Sir 見 Max 麥屎已控制了局面，下令道，並且拿出手銬，「咔」地將疑兇雙手扳向身後，扣上手銬。

「汪汪汪汪！卑鄙無恥手段毒辣狡猾陰險蛇蠍小人！」我們不停吼吠，直至通 Sir 說：「QUIET ！」

我們才悻悻然地閉了嘴。

我和 Max 麥屎一左一右，守衛在他身旁，豎耳直廓，齜牙咧嘴，尾巴直豎，怒目瞪着他，四隻犬眼，在黑夜中閃着綠色的幽光；兩排尖森森的犬牙，在電筒光下映着陰森森的螢光青色，牙縫間發出駭人的低嚎，告訴對方我們隨時會作出攻擊。

哼，斗膽傷害我們的姊妹？一定不放過你！

「什麼名字？」

「懦夫。」

What ？懦夫？這麼好笑？

「拿出身分證來檢查。」

「吓，腎媽（什麼）？」操外地口音，今回要玩猜字遊戲了。

「汪汪汪！什麼腎媽腎爸！」可惡！我怒極而

80

吠，Max 麥屎也咧嘴露齒，作勢欲噬。

「唓唓唓，懶賤，懶賤，叫你的狗不要也我。」發瘋，不不不，誰不冷靜？誰要咬你？只要你循規蹈矩！

「身分證，拿出來。」陳 Sir 耐心地再説一遍。

「我未……未有先粉戰。」

是害怕犬牙？是被捕緊張？還是身濕寒冷？疑兇渾身哆嗦，聲音震顫。

「偷渡？」

又是偷渡！Illegal Immigrant？I.I.？

「有什麼企圖？」

「找錢。」還是找死？

「找什麼錢？有朋友在香港？」

「沒有，找錢結婚，和女朋友結婚。」見鬼，當然和女朋友結婚，難道和男朋友？

「女朋友叫什麼名字，住在哪裏？」

「她叫飯桶。」警官們被他逗得差點笑出來。

正自私鬼！你要和飯桶結婚，卻老遠跑來香港打劫傷人？「汪汪！」我又忍不住吠他了。

「回警署去，錄口供。」

後來，我們好不容易才弄清楚，他的名字叫羅富，

女朋友叫范統，好一個「皇家飯桶」，有你吃的！

　　押着疑兇回警署，大燈光下，只見他手臉背腳多處被蚊叮過，紅紅腫腫不下幾十處，好味道吧？傷天害理？蚊子不容！山貝河還有蛇呀、蠍子呀、蜈松呀，最好一起來啜你這個「皇家飯桶」的血！

　　工作了七八小時，收工回去，累得要死，倒頭便睡。朦朦朧朧進入夢鄉之際，忽然想起警犬老爸昨天說過他心中有數，明天自會安排。

　　老爸，老爸，你今天到底為我安排了什麼呀？

第六章　也有失禮時

　　麗日高掛天上，萬里無雲，涼爽秋風徐徐輕送，正適合來個犬派對。

　　「香港傑出狗隻大獎比賽」（唉，又來了，人類老弄不清楚犬和狗的分別！）是香港一年一度的犬界盛事，每年香港警犬和其他寵物狗都會齊集香港警犬中心參加比賽，各展所長，各領風騷。我們要在聽令、追蹤、搜捕、緝捕、搜毒、搜爆等幾個項目進行比賽。

　　這天，會場上來了各式各樣的犬和狗。

　　「汪汪，小姐，你好漂亮耶。」一頭身長腳短腰肢長體態奇特的臘腸狗四處挑逗狗女們。

　　「哼！」那頭身形嬌小裝腔作勢仰頭挺肩自以為很名種的西施狗當然不會理會他，轉頭卻向後面那頭頭圓耳小四肢肥短性格自閉的鬆毛獅狗獻媚眼。

　　一頭嬌小突眼腿骨幼弱的松鼠狗正在努力跳高，要嗅因卡通片而大出風頭天下聞名的斑點狗的臀部，看見她的不自量力，旁邊的一頭看似高傲冷靜不屑合

羣一派紳士模樣的史納莎狗出言譏諷道：「小心跌倒呀！小妹妹！」

「喂，阿柑，看這裏！」

「阿柑，這一邊！這一邊！」

「咔嚓！咔嚓！」閃光燈閃個不停，能這樣吸引傳媒注意的，當然是那頭上了三天頭版新聞的拉布拉多尋回狗阿柑，他被虐待被遺棄的悲慘身世，換來萬千寵愛在一身，影響所及，許多流浪狗都患上自虐狂，扮可憐狀地向善心的人類展示：「我好慘呀，被虐待呀，救我！救我呀！給我搬大屋呀！嗚嗚嗚……」

會場裏，犬呀狗呀忙不迭嗅聞彼此的臀部，人們忙不迭喝止：「No！No！No！不要吃狗屁糕！」

人們不知道，我們就是愛吃狗屁糕！狗屁糕是犬科的生存必需品！

犬科的嗅覺比人類靈敏幾千倍，甚至一萬倍，我們是用鼻來認識世界的，只要嗅一嗅「屁股」尿液，便知道留下這個記號的動物種類、性別、身形大小、飲食習慣、健康和情緒狀態、性格特徵等，甚至還能解讀出對方是敵是友。嗅屁股，更是互相接觸，互打招呼，互相認識，藉由氣味進行溝通和聯絡的方法。

告訴你，犬科的臀部分泌讓我們彼此了解，人類派卡片，我們嗅屁股，作用一樣，道理一樣。不過，老實說，我們互嗅屁股，比派卡片來得更實際、更有用，知道更多，又不用浪費紙張，不傷樹木，人類要環保？學學我們吧，嘻嘻！

批評我們嗅屁股「臭臭」、「不衞生」、「沒禮貌」的，簡直多餘！不懂犬文化！汪！

會場響起「犬犬派對進行曲」，一眾參賽者由主人帶領進場。

警犬隊首先帶頭操進會場，掀起比賽的序幕。

我們挺胸昂首，英姿颯颯，看得參觀者喝彩聲四起，熱烈拍掌。我們也咧嘴伸舌微笑，與眾同樂，發揮親善大使的作用。這幾天，領犬員們多次叮囑，教我們對人要搖尾表現友善，要任摸任摟，不可拒絕，不可反抗，不得無禮，凡事忍耐，凡人包容，絕不得表現不耐煩，咧齒發惡，說要為警隊爭光云云。Tyson 泰臣更特別被他的領犬員姚 Sir 叮囑：「喂，兄弟，不是捉賊哩，不要兇神惡煞扮酷哩。」

我們乘機羣起取笑他說：「我不兇！我不兇！親近我！親近我！愛死你！愛死你！嘻嘻！嘻嘻！」

Tyson 泰臣看見我跟大夥兒一起起哄，裝作沒好

氣的樣子，汪汪兩聲，聊作反擊。

　　一眾參賽寵物狗，也在主人的帶領下，浩浩蕩蕩進場，各出奇謀，各有姿態。

　　狗狗相見，有的飛撲親近，摩肩擦耳，舌頭舔舐，尾來腳往，結朋交友；有的看主人三分顏色，強顏歡笑，勉強應酬；有的自閉冷漠，我行我素，對人來人往犬來狗往不聞不問；有的甫一見面，即聒噪叫鬧，說三道四，是非不停；有的莫名其妙地怒火攻心，劍拔弩張，像家仇國恨宿世情仇要就地解決，幸好眼明手快的主人連聲喝止，急忙扯開。

　　觸目的是一頭愛爾蘭獵狼犬，體形特大，是二百多磅重的大塊頭。他甫出現，即引起會場一陣恐慌。只見他瞇起眼睛，略低着頭，從濃密的毛皮下狠狠地瞪人。他的主人是一位身材矮小，體形纖細的婦人，看她的體重，怕只有她的狗的三分之一。她一邊走一邊向人解釋說：「不怕，不怕，他很善良，不咬人，不咬人。」說時，只見他眼瞼下垂，舌頭外伸，不安地舔舐自己的毛皮，還大流口涎。大會負責人一見，知道這是他隨時可能發脾氣、失控噬人的徵兆，雖然他被戴上嘴套和項圈，負責人也立即下令那滑稽的小婦人帶他離開會場，以免發生危險。誰也不相信那小

女人有能力控制巨狗。

「冇咁大個人不要養咁大隻狗啦！」人們說。

「這樣的品種，怎可能、怎可以被容許進入香港傑出狗隻大獎比賽的終極賽呀？」人們說。

我轉過臉去，要看滑稽的小婦人與巨狗，卻剛巧地和排列在我後面的大塊頭 Tyson 泰臣碰個照面，他一看見我望向他，立即向我咧嘴傻笑。記得我初來乍到，他便給我下馬威，兇神惡煞，齜牙咧嘴地嚇唬我：「不要過來，不要過來，有膽過界，有膽過界，咬死你！咬死你！」當時他那副不可一世不苟言笑的不屑表情，和這大塊頭獵狼犬又何其相似！

一頭本該是工作犬但因意志薄弱而淪為寵物狗的德國牧羊狗，面形上闊下窄，狗耳下垂，尾巴縮攏在兩條後腿之間，羞怯地在場內游移走動，有時故意停下來這裏嗅嗅，那裏聞聞，撒下幾滴尿液。不要被他的一副窩囊相騙倒，不知何故，他最敵視穿着制服的人，一見到警官們，便狺狺咆哮不停，我們是優良幹探，當然不會被他的虛張聲勢嚇倒。

「可惡！太歲頭上動土！」Rex 力士年輕衝動，犬鼻噴着氣說。

「要修理修理他！」連一向穩重的 Max 麥屎也看

不過眼。

「咬死他！咬死他！」説這話的是誰，大家都知道。

難得眾犬同心，鬥志昂揚。

刺激的警犬比賽開始了！第一輪：表演行、坐、臥立、匍匐前進、跳躍障礙等基礎技能。

警官們很緊張，感染到我們也情緒高漲，出慣場面的興致勃勃要揚威賽場，我 Nona 露娜當然也不例外。

身旁的新丁 Jacky 積仔輕聲地對我説：「死啦，這麼多人，我很害怕呢！」

犬的聽覺超越人類，不但聽到遠處細微的聲音，還能聽到人所聽不到的高頻聲音，甚至可以聽見會飛的昆蟲發出的超聲波，所以嘈雜的環境，混亂的聲波，的確會使犬隻覺得難受或驚恐。

「不用怕，你會漸漸習慣人聲鼎沸，犬聲震天的。」我安慰他説。

Jacky 積仔只有一歲大，剛受訓完畢，在學堂也算是優異生，但在學堂和真正行走江湖是兩件事。Jacky 積仔性格內向，外出次數不多，曝光經驗不足，還是「鄉下仔」一名，難怪他怯場，心情緊張。

　　你看，輪到他表演跨欄了，一出場，我們便被連串重物墮地「啪啪啪啪」的聲音嚇了一跳，連忙定睛一看：Jacky 積仔這小子！這小子竟然有本事將整排欄杆踹倒！引來全場爆發哄笑！唉！失禮死了！

　　「積仔，努力呀，你行的！不要放棄呀！」

　　比賽規則禁止犬隻肆意叫吠，亂叫亂吠會被扣分，我們只好在心中緊張地為他打氣。他的領犬員張 Sir 輝仔耐心地輕撫他的頸背，感覺到他全身震顫，張 Sir 柔聲鼓勵他説：「慢慢來，不要心急。」

　　接着這一項跳台花式，難度不算太高，可憐 Jacky 積仔鬥志盡失，見高台不但不跳，反而縮頭夾尾，竄到台下，繞道而行，害得張 Sir 要把他追回來，牽扯着他要他再嘗試，觀眾噓聲四起，指指點點，議論紛紛：

　　「這樣沒膽識，怎樣當警犬？」

　　「就靠他做惡懲奸？糟糕了！」

　　Jacky 積仔就更怯懦了。

　　到表演四腳過獨木橋一項，這是每天在學校都做的活動嘛，Jacky 積仔竟然好像見鬼般，夾着尾巴在張 Sir 胯下竄逃過去，張 Sir 只好出手扯住他的尾巴，可惜犬毛太滑，Jacky 積仔就在他的十指之間溜走了，張

Sir 被迫轉身追趕，一人一犬滿場跑，惹得全場大小觀眾哄笑不已，笑聲震天。

我們看在眼裏，心中很不是味兒，垂頭掩眼：「唉，no eye see，失禮死了！」

回頭看看場外，那兒設有寵物狗大賽，比賽項目容易得多了，不過是簡簡單單地要求狗兒雙腿站起，用後腿走路；然後是把一條香腸，絕對誘惑的香腸叼在嘴裏不准偷吃，以考驗他們的堅忍程度。天可憐見，他們口叼香腸，口涎直流，要死命對抗色香味的誘惑，埋沒狗兒饞嘴的天性，要吃，不能吃；想吃，不敢吃，哎！十分辛苦，對他們來説，算是天大考驗。

這邊廂，我們的 Rex 力士出盡風頭，勇闖三關。

第一關是服從，何 Sir 領着 Rex 力士快步進場，隨着何 Sir 一揮手，Rex 力士「汪」的一聲，先向四方大眾八方同類打個招呼，風度翩翩。他先和何 Sir 往同一方向跑小步，然後急轉身，換個相反方向回頭跑，一犬一人，人犬同步，合作無間，步伐一致，比二人三足還要整齊。

「SIT」、「STAY」，何 Sir 發號施令，Rex 力士簡直懂透了人話，反應絲毫不誤，迅速完美地完成每一個命令，好一個王子！我心中想。

第二關是跳躍,你看人家 Rex 力士,以小跑步向第一道欄架飛身跳躍過去,然後輕鬆邁向第二道,再來一個加速縱身像火箭般躍上第三道,姿勢之美妙,令所有觀眾驚歎不休,狂喜不已,掌聲雷動。

接着何 Sir 無論命令他去跳遠、跨欄、跳桶,還是跳鐵馬,他都輕而易舉地做到,姿態之輕盈,一時無兩。

忽然,何 Sir 用雙臂環成一圈,叫一聲:「JUMP!」全場屏息以待。

只見 Rex 力士毫不猶豫地一躍而上,前腿一縮,犬耳上指,毛髮隨縱跳之勢飛揚,飛躍生命之圈,穿越青春之環,迸發活力火花,姿勢美妙,無懈可擊。在他順利完成跳圈的難度動作時,掌聲雷動,我們也興奮得狺狺叫吠,表示激賞,為他打氣。

警犬考試,最困難的是攻擊科 Attack,它一直使多少英雄競折腰,許多警犬考試「肥佬」,就是栽在這一科之上。

第三關,攻擊 Attack,Rex 力士和何 Sir 再次兄弟班上陣,上演警犬智擒疑匪的高潮戲。我們有充足的訓練,知道節制,但現場犬隻環伺,環境惡劣,記者、愛犬者、參觀者、多事者、狂熱者的呼喝聲和閃

光燈鬧個不停！連科學家霍金的發聲系統都會被閃光燈閃得停止運作，我們的服從系統也會被現場吆喝聲和閃光燈騷擾得失靈失控，可能變得精神亢奮，血脈賁張！

好一頭 Rex 力士，沉着理智，聚精會神，心無掛礙，禪定一心，關閉一切接收器，心無旁騖，只接受何 Sir 的聲音。

「HOLD HIM！」看他目光銳利，表情精悍，對目標人物直撲過去，緊噬不放。直到何 Sir 一喊：「LEAVE！」他才悻悻然鬆開犬齒。擒賊比賽中，警犬 Rex 力士，盡顯聰明敏銳、勇敢頑強的個性，贏盡全場喝彩。

比賽完畢，我們要靜候評審結果，議論紛紛，許多弟兄姊妹都投 Rex 力士一票，有參加比賽的 Tyson 泰臣一臉不服氣：「哼！哼！……」哼什麼，連他自己也說不出所以然，警犬隊中的大家姐愛美姐沒好氣地對他說：

「Tyson，你擒賊匪，立大功，犬犬皆知道是你的本領，但人家 Rex 的確在比賽中表現出色，身手不凡，你也該承認嘛！」

倔強的 Tyson 泰臣別過頭去，繼續連聲「哼！哼！

哼」地噴氣。

比賽場邊，設有巨型朱古力筒，朱古力筒附近有許多家犬在蹓躂，戴着太陽眼鏡的型仔，電了一頭鬈髮的貴婦，滿頭紮起紅蝴蝶仔的白雪公主雪犬。哈！你看，那頭芝娃娃，竟然穿起印有 Police 字樣的背心扮警犬，另一頭松鼠狗則穿上印有 FBI 字樣的背心做聯邦密探！我們被這驚世駭俗的景象引得笑歪了嘴。

犬的兩隻眼睛離得很遠，我們的視野可達二百五十度，所以覺察周邊動靜的能力比人類強。我們的 Jacky 積仔，一早已看到場邊那巨型朱古力筒和在附近蹓躂的家犬。他特別鍾情於其中一頭毛髮漂亮的約瑟犬，於是趁張 Sir 不覺，溜到朱古力筒旁，繞在人家約瑟小姐身邊轉，要和人家分享朱古力，可同時又用情不專，隨時轉頭忙碌地嗅索其他小犬女的屁股找新女朋友。不遠處，張 Sir 正氣喘喘地追過去，要拉他回來歸隊。

記者故意走過來訪問張 Sir：

「今次，你對警犬 Jacky 的表現是不是很失望？」

「你們選擇 Jacky 入警犬隊是不是一個嚴重的錯誤？」

「你認為警犬的作用是不是很有限呢？」

「你會將 Jacky 從警犬隊中剔除嗎？」

問題凌厲，置人置犬於死地。張 Sir 怎樣回答？

「呵呵，」張 Sir 不慌不忙，笑着道，「已經很有成績了。剛開始帶領他時，他性格很孤僻，給他球也不懂得玩，現在肯和我合作已經很不錯了。」

「他既然表現不好，為什麼要帶他來比賽，失禮死人？」一位記者妹咄咄相逼。

「呵呵，他這次只是不習慣正式場面罷了，不打緊！不打緊！下次會有更好表現的了。」早已認 Jacky 積仔做兒子的三女之父張 Sir 努力為 Jacky 積仔辯護。

比賽場中揚聲器響起，是時候宣布結果了：

Rex 力士奪得「荷蘭持牌犬冠軍」！全面的冠軍！全能的冠軍！實至名歸的冠軍！何 Sir 高興得跪下來吻他的愛犬。

不知大會是否怕參賽犬隻或是主人失望、不滿？特別設立許多名堂獎項：

什麼「最佳雌犬」、「最佳雄犬」、「最佳幼犬」……

甚至還有什麼「最佳壽字頭」（吓？！）……原來是指髮型！

最妙的是有「最佳耳朵」、「最佳嘴形」、「最

佳背部」、「最佳皮毛」、「最佳尾巴」、「最佳眼睛」等獎，分明是豬肉獎*。

奇怪的是各種奇怪的獎，全部由沙皮狗羣奪得。

沙皮狗樣子奇特，頭大嘴烏，兩耳似蜆殼鑲在兩邊，背部皮層層疊疊，肥胖圓渾，尾巴打圈貼近背部，有點像可愛的豬，卻得獎無數，證明狗狗是不可以貌相的。

宣布「最佳血統獎」時，全場肅靜，萬眾期待，最高榮耀，誰是眾望所歸？混種狗自知與此獎無緣，低頭垂耳，但因一顆好奇的心，也靜靜地等待神聖的宣判：

「沙皮狗！」

噓聲四起，犬聲叫囂：

「汪汪汪汪！汪汪汪汪！抗議造犬！抗議造犬！」

如果我們不是警犬，被行為守則所限，我們一定加入吶喊。

抗議果然有效，下一回合的比賽，已經再不是沙

---

*豬肉獎：大部分參賽者都獲獎。（源出民間俗例「太公（曾祖父）分豬肉」，即拜祭後把豬肉祭品分予所有族人，意指獎項人人有份，沒甚價值。）

皮狗天下。

「最佳笑容獎」由原屬歐洲狐狸種的西摩狗老爺奪得。西摩狗老爺眼大鼻長，任何時候嘴角都向上翹起，展露友善的迷人笑容，得此獎實至名歸，最奇特是他會發出「Well、Well、Well」的笑聲，你說酷不？

「最佳狀態獎」，頒給長相似玩具，毛色似綿羊，跑起來耳朵豎起，不停在彈牀上彈上彈下，永不言倦的史納莎狗白雪雪；她跟那頭行鋼線，輕快蹦跳媲美空中飛人，奪得「最精叻優異生」的混種柴犬 Beni 賓尼，簡直是一對「冇時停雙寶」。

「最佳犬鞋」？犬腳何需穿鞋？偏偏就有此獎項，場中有許多參賽狗隻穿上波鞋、靴子、高跟鞋的，最後好像是那頭全身毛髮經過小心修剪並噴上噴髮膠，小腿上繞着四個小鬆球，配交通警察靴子的相貌奇醜的八哥 Nozo 老蘇奪得。

最後宣布「最佳服務獎」。

我們槍林彈雨，出生入死，擒賊破案，這個服務獎，不用說，非我們警犬莫屬，我們翹首期待。

「金毛尋回犬 Gump 金仔參加賣旗活動，獲得『最佳服務獎』！大家熱烈鼓掌！」隨着大會宣布，全場

起立歡呼，瘋狂鼓掌，好像他最實至名歸。

我們頓時喧嘩擾攘了，「汪汪汪汪」抗議，忿忿不平，議論紛紛，可是，當仰頭看看我們的兄弟，他們沉默堅定，他們之中，有誰不為維持治安而無私地作出奉獻？有誰沒有，隨時準備犧牲自己去緝惡懲奸，保障市民安全？但他們有要求回報、要求表揚嗎？他們汗流浹背，風雨無間地訓練我們，照顧我們，有要求獎賞嗎？我們得獎，是他們的光榮，但他們有因獎項落空而表現不忿嗎？

看見兄弟們的冷靜，我們也漸漸地安靜下來，沉默不語了，依偎在兄弟們的身旁。

對！我們是警察特種部隊，又何必和小狗們斤斤計較什麼「最佳腳趾」或「最佳眼睫毛」？

「香港傑出狗隻大獎……」，雄壯的音樂響起，伴着司儀雄壯的宣布，「得主是……」我們就以平常心等待宣布。

「他就是……警犬，洛威拿犬，Tyson！」

第一個跳起來的是姚 Sir。

Max 麥屍很有風度地上前恭賀，和 Tyson 泰臣擊掌：「Give Me Five！」

我們也都逐一向他道賀，讚揚他為警隊爭光，不

讓沙皮狗獨霸武林云云。

　　一向驕傲、自以為是的 Tyson 泰臣，此時卻羞紅着臉，咧嘴羞澀地道謝：

　　「謝謝你！謝謝你！請指教！請指教！」讚賞使人進步，犬隻亦然？

　　Tyson泰臣的憨態和忽然而來的謙虛，使我對他又添了一分好感。

　　好感算不算愛情？誰可以告訴我？

第七章　你千萬不要死！

人犬一樣，都需要愛。

兒童少年需要父母的愛，是成長需要。

青年渴求愛情，是天性使然。

不要教訓我説：有愛我們的警犬老爸和警察兄弟，有對我們照顧周全的學堂，我應該知足。

不要告訴我説：有一起受訓，並肩作戰，情同手足的警犬同袍，我應該滿意。

不要勸勉我説：只要滿足於自己所擁有的，盡所能貢獻自己，就是快樂幸福。

我長大了，我需要愛情！

年青幹探，一起生活，一起學習，一起工作，所謂相處日久，難免日久生情。

我實在着迷於 Rex 力士，和我同種族的他，瀟灑跳脱，身手不凡，幽默好玩，和他一起，生活就是歡樂，就是情趣。我渴望得到他做我的男朋友，可惜他是浪子，多情漢子，是眾年輕犬女們的白馬王子。而最大問題是：他從來沒有説過他愛我。

還有那視我如珠如寶，如天上女神的 Tyson 泰臣，他屢立戰功，屢次奪得「香港傑出狗隻大獎」，是警犬隊中的英雄，難得的是他對我癡心，死心塌地，敢於公開表示對我的愛，又肯讓我發脾氣撒嬌，顯出嬌貴，這種忍耐，叫我心軟，叫我又不捨得放棄他。

至於 Max 麥屁，我一向暱稱他做麥屁哥哥，我愛他的強健穩重，工作時爆炸力強，可以火裏來火裏去，完全符合「一大二兇三美四實用」的警犬標準。許多時，他愛笑瞇瞇地坐在一旁，安靜沉實，他也屢建大功，但他並不多言，不輕易表露內心。其他犬說他神秘深沉，我雖然知道他是可依靠的對象，可以託付終身，但我就是怕他流於悶蛋，沒有情趣。跟 Rex 力士一樣，他也從來沒有說過愛我。

這段日子，我的心迷亂透了，我該愛誰？為什麼不可以貪心點，統統都愛，一個也不少呢？

最理想的是 Rex 力士陪我高高興興地玩，Tyson 泰臣讓我撒嬌，Max 麥屁給我安全的感覺。

誰個少女不懷春，誰個少女不多心？

警犬隊第一天規：不准濫交！

那麼，我該選誰做男朋友呢？

我內心深處的秘密，一定不可以給警犬老爸知

道，否則，我 Nona 露娜肯定，兼保證，不但會被他罵個狗血淋頭，更會被他數個江河不止，也更會破壞了我剛剛重新在他心中建立起來的純潔好印象。

唉，我已經陷入愛情的漩渦中，不能自拔了。如何是好？

警犬老爸，你又說會有安排，已經過了一天又一天，怎的還沒有聲息動靜？

一說警犬老爸，他便來了。

「Nona，上次調派你和 Max 一起出勤，感覺好嗎？」

感覺好不好，跟我脫毛有什麼關係？

「明天再派你去新界行 beat，好嗎？」

被分派工作，可以不好嗎？老爸！

「嗱，不要說我不疼你，明天和 Max 一起去。」

Max 麥屎，很好，但 Max 麥屎又不是您老人家，怎樣可以證明您疼我？

老爸又在自顧自笑了，很得意洋洋地。

從八仙嶺烏蛟騰到荔枝窩，有一條行山徑，蜿蜒地在山谷中伸展，途經船灣郊野公園，直達荔枝窩，還可以遠眺對岸深圳邊防禁區。

中港兩地邊界，築起一堵長數十公里，高至少三

點五米，捆有「登勒線」（有倒刺的鐵線）的圍網，密度高，不易攀越；再加上沿線裝設了感應器、先進的閉路電視、夜視系統和熱能感應儀器，監察系統日夜運作，二十四小時不停，照道理，絕無可能有人能夠非法潛入香港境內。不過，事實上，近來又的確頻頻發生 I.I. 過境犯案事件，I.I. 明目張膽滿街走，港島、九龍、新界都發現賊蹤，説不定，在你身旁的、迎面而來的，就是 I.I. ！

忽然想起，剃刀魔會是 I.I. 嗎？追緝了這麼久，為何他還是蹤跡杳然？

大清早，陳 Sir、通 Sir 和隊友們穿上長袖的藍色軍裝，滿身裝備，帶領着我 Nona 露娜和 Max 麥屎，向山中古道進發。下車後，他們分別先用濕毛巾替我們抹身，讓我們乾乾淨淨，清清爽爽出發。

「Nona，I.I. 兇悍殘虐，凡事小心。」Max 麥屎貼着我耳邊叮嚀，好意提點，語氣就像我爸爸。

這天，天氣有點悶熱，是秋老虎肆虐，還是颱風前夕？天空出奇地晴朗，蔚藍一片，萬里無雲，太陽越向上爬，地上氣溫便越急速上升，我們巡邏的山徑，雖説有大樹婆娑好遮陰，但山谷悶熱，滴風不起，一隊人馬，早已汗流浹背了。

山路狹窄，我們不能並肩前行，Max麥屎是雄犬，班中大哥，所以他在前，我尾隨。

「哇，媽媽，狗呀！」前面的一個小女孩看見我們，好像很害怕的樣子，大聲叫喊起來。又來了！狗？！

「乖！不怕不怕，他們是警犬，不會咬人。」

「汪汪，錯！警犬奉命隨時咬人，警犬發狂也會咬人。不能用品種和行業決定犬狗會否咬人。」

「你輕輕拍拍牠的頭，對牠微笑，表示友好，牠便不會咬你吧。」

「汪汪，又錯！這是明顯的威嚇行為，犬狗都不愛被人拍頭。」

「如果發現一隻狗來勢不善，想侵犯你，你便擺出一副兇惡的樣子嚇牠，牠便會害怕得逃跑。」

「汪汪，大錯特錯！這是挑釁行為，只會迫自以為是『老大』的狗別無選擇，唯有攻擊你；也會令馴良的狗出於恐懼你或者自衞而咬你。」

小女孩的媽媽像專家般向小女孩教授犬科知識，錯誤百出，引得我、Max麥屎和眾兄弟暗笑不已。

談笑間，「汪汪！」Max麥屎忽然向着山谷一個隱蔽處狂吠，這是有發現的訊號。

　　警官們大為緊張，小心翼翼撥開叢生的野草和高過人頭的灌木，在 Max 麥屎和我 Nona 露娜的帶領下前進。

　　「報告，Sir，前面有大膠布搭建的帳篷，有人在這裏煮食睡覺晾衣。」

　　這就是 I.I. 出沒的證據。最怕他們待在這兒，伺機作案。

　　這一帶是郊野公園，有最美麗的海岸線，連片的紅樹林；行到荔枝窩，還可以看到奇特的大樹，心形的橫枝，O 形的樹洞，這棵像蛇，那棵是長櫈，還有樹橋，樹鞦韆，美不勝收，是遠足的熱門路線；但因為它鄰近邊防，也是 I.I. 出沒地，他們專向行山人士下手。

　　山路崎嶇，山石鋪路，起伏凹凸，我們小心翼翼，仍然有好幾次差點踩進縫隙中。走了一整個上午，只見一些零散賊巢，並無發現匪蹤。

　　午間，太陽狠狠地罩在山頭上，拚命射出熾熱的光箭，山谷就像一個收箭的熱窩，只有熱，沒有風，樹葉靜止，紋絲不動，實在悶熱難受極了。

　　「Max 哥哥，很熱啊。」我對走在前面的 Max 麥屎說，只見他尾巴垂得低低的，犬舌伸得長長的，哈

哈呼氣散熱；呼吸很重很長。

「汪汪，Max 哥哥，你怎麼不作聲？」先前小休喝蒸餾水時，Max 麥屎仍然精力充沛的啊。

Max 麥屎沒有回應我，奇怪，他從來不會對我不瞅不睬的。

我們默默前行，我也覺得自己的步履越來越沉重了，頭昏昏的，四腿像不聽使喚似的，難為警官們汗流浹背，還能夠一邊走一邊嘻哈說笑。

「喂，中午時分，三十多度氣溫，收隊吧！中暑可不是好玩的。」一頭禿鷹在樹頭上好心提醒。

「實在熱得難受，上面有風嗎？」我問他道。

「哼，風？颶颱風前夕，哪來風？！」

要颶颱風嗎，怪不得又熱又焗，悶熱得像罩在一個烤爐中。

「在這裏休息一會兒吧！」警長下令道。

我們在一道小溪旁小休，溪中有幾條寵物狗在玩耍，時而水中大戰，時而競跑上岸，廝咬狂抓，他們的主人連聲喝罵，頓時為清幽的山谷加添嘈吵煩囂。

Max 麥屎和我坐在石上；午後的溪石吸收了太陽熱力，即使在溪旁，也不覺清涼，我們雖然伸長犬舌透氣降溫，仍然覺得體內熱氣翻騰三十六，好想好想

下水游他一頓，涼快舒暢一番。回頭望阿 Sir 們，唉，只見他們自顧自談笑，對我的懇求眼神毫無反應。

「Max 哥哥，我們扮作跌下水中涼快一番，怎樣？」看着幾條寵物狗優哉悠哉，清涼頂透，我不禁使計說。

Max 麥屎沒有回應，頭也不抬一下，也許作為大哥哥，尊嚴，令他頑皮不得吧。

「Max 哥哥，那幾條寵物狗玩得那麼高興，我們熱得那麼辛苦，不如……」我轉過頭去看 Max 麥屎，只見他目光呆滯。

「Max 哥哥，你沒事吧？」說時，只見 Max 麥屎，身體傾側，倒了下去……

Max 麥屎的領犬員通 Sir 還未察覺。

「汪汪汪，人來呀，Max 出事呀！」我心急得大叫起來。

「Nona，什麼……」

「Max，你怎麼了？」

發覺這邊有情況，那幾條寵物狗也不玩了，立即從溪中如炮彈般彈跳上來。一頭本應成熟高雅的貴婦狗，雖然落水後變了濕水雞，卻流露出過剩的熱情和活力，老在 Max 麥屎身邊轉頭扭頸；一頭史納莎狗，

兩側剷短，涼快清爽，急急跑來嗅索 Max 麥屎的臀部，冷冷地說：「死狗一條！沒看頭。」一頭巨狗拉布拉多，解除了城市束縛，在野外開心若狂，一會兒在水中石上跳上跳下，一會兒又去 Max 麥屎身邊逗兩頭小狗打架，吵聲震天，只知搗亂。

他們的主人也圍攏過來，人狗同「八」一番。

Max 麥屎靜靜倒臥在石上，一動不動，犬舌伸了出來。

「糟糕！ Max 中暑了！」通 Sir 拍着 Max 麥屎，見他沒反應，說道。

「中暑昏倒，今回沒命啦。」貴婦狗不仁，口出毒言。

「汪汪汪汪！你才沒命，狗口長不出象牙！口臭呀！」我憤怒極了，罵道。

「請拉開你們的狗，不要圍攏。」陳 Sir 下令閒雜人狗走開，昏厥的犬當然需要氧氣。

「汪汪汪汪！走開！走開！」我起勁叫吠，咧嘴露齒，十分不客氣。Max 麥屎出事，我十分緊張。

我們犬類，如果中暑，會虛脫暈倒，不省犬事。Max 麥屎在出事前，應該早已感到不適，為何他仍然苦苦支撐？

「汪汪，Max，你要支持住，千萬千萬不可有事啊！」我舔着他的臉，在他的耳邊，輕聲鼓勵他，內心緊張得要死。

「這隻警犬真怪，對人發惡狂吼，對另一隻警犬忽然又溫柔輕聲。」果然是養慣寵物的人，聽犬聲知犬心。

「她愛上他嘛。」史納莎狗語帶嘲笑地說。

真的嗎？！難道當局者迷，旁觀者清？

話說回來，百多磅大犬，昏倒山頭野嶺，汽車不到，要抬走他，的確事態嚴重。

只見警官們嘗試合力要將他抬到樹蔭下，但樹蔭卻被那幾條寵物狗佔用了，幸好他們的主人也是愛犬之人，自動自覺地讓出樹蔭來。Madam 連忙電召救護車。

「唉，如果早些讓陰涼處出來，Max 便不會中暑啦。」

通 Sir 忙着給 Max 麥屎喝水，但他已昏倒了，只好把水灌進 Max 麥屎嘴裏。

寵物狗主人有戶外冰箱，自動拿出冰來讓我們為 Max 麥屎降溫。

「這種天氣，帶狗行山要帶冰呀。」寵物狗主以

專家口吻說。

「伙記到路口，還得跑進來，最少半小時。」Madam說。

半小時？Max麥屎支持得住麼？我急得在他身邊團團轉，和Max麥屎一起，從沒有如此擔心過。

Max麥屎雙眼緊閉，一動不動，追賊的英偉樣子，出手的敏捷準確，如今安在？小小的三十幾度氣溫，便可以叫你低頭？

「汪汪，Max哥哥，你不能夠，不可以有事，你還要和我一起捉賊，儆惡懲奸呢！」我使勁用頭推他，要他醒來。

「Max哥哥，你難受，為什麼還要死撐呢？不舒服，就要說出來嘛！」我擔心過度，轉為埋怨指責了。

「Nona，別擔心，Max會沒事的。」

「Yowel，Yowel。」我表示了內心的恐懼。我貼在Max麥屎身旁伏坐，面龐貼着他，我要保護他，要守候他蘇醒。

「Max哥哥，求求你，快醒過來！」我聽到自己柔弱的嗚咽。

「Nona，你這樣緊貼，Max的身體更難散熱。」陳Sir將我拉開。

「汪汪，長毛中暑？必死無疑啦！」寵物狗幸災樂禍地說道，他們怎會如此黑心腸！？

「不要理他，我們再玩水去。」撲通撲通，他們一條條跳下溪中，開心玩水去了。是的，人家的死活與他們有何關？

「中暑之後最重要快速急救，這樣耽誤，分分鐘狗命不保。」寵物狗主表示關心。

這時刻，我也無心跟他們爭論「犬與狗」的分別了，「求求保祐 Max 哥哥不要有事。」我心慌意亂之下，我轉而祈禱，祈求上蒼。聽說，美國也有一頭寵物狗，天天跟主人上教堂，還會用後腿站立，前腿合十，學主人一樣低頭祈禱。

昏迷中的 Max 麥屎忽然四肢抽搐。

「Max 挺住！救護車快到了！你一定要挺住！」通 Sir 一邊為 Max 麥屎敷冰，一邊為他打氣。

好不容易，救護隊終於到來，抬來了擔架，Max 麥屎還未醒過來。

聽說人犬一樣，昏迷太久便不會醒來，真的嗎？

「汪汪汪汪……」我發出一連串的急叫。陳 Sir 聽出我內心的恐懼，安慰我說：

「Nona，不用太擔心，Max 是優秀警犬，他一定

可以熬過來。」

「Max 哥哥，正因你是最優秀的，你一定寧願擒賊戰鬥戰死，也絕不願栽在太陽之下。是嗎？答應我，一定要好起來！」我用鼻推碰擔架上的 Max 麥屎，焦急地説。

四個健碩的救護員，加上兩位兄弟，合六人之力，才能將 Max 麥屎抬走。

「汪汪，汪汪，Max 哥哥，你一定不要有事，我愛你。」

只見 Max 麥屎的眼皮抽搐了一下，難道他聽見我説的話？

我緊緊跟在後面，淚流滿臉，捨不得離開。

通 Sir 跟隨着 Max 麥屎上了救護車，我也要跳上去時，卻被阻止：

「你不行！」

「為什麼不行？我愛他，是他的女朋友！汪汪。」我氣得在門前汪汪叫。

「Nona，不要憤怒，我們回去等候消息吧。」陳 Sir 輕輕撫着我的背説。

救護車「砰」的關上門，我撲身上去，亂抓車門，「嚶嚶」地哭叫：

「Max 哥哥！你一定要回來找我哦。」我哭了。

「Nona，傻女，怎的哭了？」陳 Sir 從來未看見過我這麼傷心。

我哭了，傷心得就像最初離開媽媽，孤身上路，飛來香港時一樣。

當時，就是 Max 哥哥在我身邊安慰我、鼓勵我。

從那時開始，Max 哥哥和我 Nona 露娜，就是一家人！

現在，我才明白，一直以來，自己真正愛的，原來是他！不是渾身散發魅力的 Rex 力士，不是坦白示愛的 Tyson 泰臣。

但是，他也愛我嗎？（他從來未說過愛我。）

他能夠平安回來嗎？（如果他死了，我怎麼辦？）

Max 哥哥，求求你不要死！

千萬不要死！

Please！

第八章　終極任務

三天了，Max 麥屎仍未回來。

望着他的犬舍，白天、黑夜，都空空如也。

他醒過來了嗎？

他痊癒了嗎？

可以奔跑跳笑了嗎？——雖然他也很少奔跑，除了執勤外；也不常跳笑，即使見到我。

黃昏，英偉瀟灑的 Rex 力士來找我去玩。換了是以前，我是求之不得，但今天，不知怎的，我對他完全提不起興趣。他見我沒反應，立即轉頭掉尾找其他犬女去了，夕陽斜照，地上拖着他長長的身影。

第四天，Max 麥屎仍未回來，我的憂心又加一層，難道他病得很重，有很大麻煩？

Tyson 泰臣經過我的犬舍，叫嚷道：

「早晨 Nona；早晨 Nona；昨晚夢見你，昨晚夢見你。」奇特的犬，奇特的說話方式，我沒他好氣，轉過臉去，不理他。

「吖！」的一聲，他趴在犬舍鐵籠上：「Nona，

Nona，我愛你，我愛你。」平日覺得他傻氣憨直，喜歡他直接示愛，現在覺他長氣討厭，吵死了。

「汪，不要煩我！」我兩眼噴火，喝道。Tyson泰臣眼直直地瞪着我，不敢哼一聲，我想，我的樣子一定很可怕，連強悍的 Tyson 泰臣一下子也被嚇得耳奀尾垂，沒趣地走開。

「求求你，忠仔，你帶我去找 Max 哥哥吧。」我在忠仔腿邊磨蹭。

怎知他卻會錯意：「Nona，脫毛痕癢呀？皮膚有蚤子呀？」還極耐心地把我的毛翻起，逐吋檢查，笨死了！

下午，忠仔把我送到梁醫官處。為什麼要去見醫官？就是因為我這幾天脫毛情況嚴重？還是發覺我情緒不穩？

被發狂警犬芝達咬過的梁醫官，臉上疤痕仍然明顯，難得的是他遭逢大劫，失去俊朗的容貌，仍然緊守崗位，為我們服務。

「哇，又抽血？！」粗大的針筒永遠是我們的死敵！

面對悍匪，我們不怕。

出生入死，我們無畏。

但醫療室，梁醫官、白色袍、聽診器，代表酷刑將臨，使我們緊張。

探熱針、刺針筒，就是酷刑用具，使我們心驚。

撬嘴巴、掀皮毛、抓腳趾、扯耳朵、拉尾巴、驗肛門……叫你痛，叫你害怕，叫你戰慄。

「一切都很好，沒遺傳病，心肺肝腎功能都沒問題。」

「可以嗎？」

「他們同種，都性格開朗，絕對可以。」

梁醫官和忠仔在說什麼？我 Nona 露娜聽不明白。橫豎我近來又脫毛，覺得渾身不舒服，又惦掛 Max 麥屎，擔心 Max 麥屎，心情極不好情緒極低落，你們要做什麼，怎樣擺布我，隨便，我沒心情探究，橫豎我自覺是死犬一條。

第五天，Max 麥屎仍未回來，我整天直立犬舍籠邊，引頸外望，顯得神不守舍。「Max 哥哥，你再不回來，我快變化石了。」望夫石？喔！

第六天，忠仔大清早便來了，吹着口哨，風騷快活：

「喂，Nona，昨天我女朋友答應嫁給我，開心死了，賞你一隻燒鴨腿。」燒鴨腿果然香氣四溢，我口

涎直流。

「嗱，一場兄弟，不要說我不疼你。」忠仔把燒鴨腿放到犬盤中，自己動手打掃犬舍。

「汪，你真幸運，愛情路上春風得意。」我羨慕得口涎直流。

心情不舒暢，或許大吃一頓可解愁悶，更何況愛吃是犬的天性，無謂跟自己賭氣了，我盡情地吃着燒鴨腿，吃完肉再啃骨頭。我想，待吃完才再不開心，再鬧情緒也不遲。那些人類失戀少女愛絕食餓壞自己，又或者自殘劃花自己，甚至自殺拿自己的生命開玩笑，我，Nona 露娜，絕不會學。

第七天，警犬老爸和忠仔一起出現了，兩個我最喜愛、最信任的人一起來探我。

警犬老爸笑不攏嘴的，仍然是前幾天的狡猾樣子。

「Nona，見了我不開心嗎？」

「我掛念 Max 哥哥，你又不知道。」我勉強地搖搖尾，對他表示禮貌的歡迎。

「Oh，我的寶貝，我不是說過要給你驚喜嗎？」枉你是警犬老爸，竟然不察覺我的勉強。

「不要不要，骨頭玩具逛街升職，統統不要，還

我 Max 哥哥，汪汪。」我說，聲音嗚咽，連我也給自己感動。天下間，愛情最偉大，戀愛大過天。

我轉身向犬舍裏面走去。

「汪汪，Nona，你掛念我嗎？」

多熟悉的，魂牽夢縈的聲音！

我倏地轉過頭去，呀，日思夜想，晝夕惦掛，是他！

他回來了！

Max 哥哥回來了！

他胖了，背脊挺直，雙目炯炯有神，比病前更神采飛揚，精神奕奕。

我飛撲上去相迎，他也前腿抬起站立，我和他擁抱在一起，我舔舔他，他舔舔我，忘記了警犬老爸，忘記了忠仔。

「Max 哥哥……」

「叫我 Max。」他溫柔地、輕聲地說。

對，還稱兄道妹做什麼……

警犬老爸送來 Max 麥屎，還送來大盤美食，美味的骨頭啦、烤雞啦，還有他口中所說「給自己至愛的警犬吃的超靚勁貴牛扒」啦。老爸平日對我們的飲食限制頗嚴格，今天怎的送如此大禮？

聽説，全個警犬隊都加了烤雞。

老牌警犬 Artemis 愛美姐説：「吳督察嫁女哩。」

不好意思，愛美姐，你還未嫁呢……

Max 麥屎在我的犬舍逗留了整整三天，三天同吃同耍同住。

三天之後，我們被召回訓練學校，再接受訓練，再考出關試，然後回到工作崗位。

Rex 力士知道我和 Max 麥屎一起生活，根本沒有什麼反應，仍然一貫興奮忙碌地去逗眾犬女。唉！原來他一直沒有愛過我！是我一廂情願，自作多情，自尋煩惱。如果和他一起，我哪有什麼幸福可言？

至於 Tyson 泰臣，每次看見我和 Max 麥屎，公然一對地走在一起，一定怒瞪我們，喉中作響，發出「咕咕」的低噪，透露內心的不忿與憤怒。

一次，我聽到警犬老爸跟 Tyson 泰臣的兄弟姚 Sir 説：「瑪蓮萊犬跟洛威拿犬？豈不變成雜交？生下來的算什麼？基因改造犬？混種？NoNoNo，我要純種匹配。」

這又奇怪了，我們瑪蓮萊犬，不是牧羊犬和狼犬交配而生的嗎？

無論如何，我和 Max 麥屎已經在一起，夠幸福

了！對 Tyson 泰臣，我只能默默祝福他能夠找到意中犬。

幸福的日子過得特別快。

忽然，有一天，我又被送去梁醫官處去跟針筒、探熱針作戰。

今次，我表現得煩躁，不太友善，我知道這樣不對，但我控制不了自己。

回來後，忠仔神情緊張地向警犬老爸報告了什麼。

接着，我不再被委派工作，而是整天散步，嬉戲，吃喝。

漸漸地，我發覺自己的肚子脹了起來，警犬老爸說是懷孕了，高興得到處宣布：「瑪蓮萊警犬配種成功了！」

接着，又有一天，我忽然被委派了終極任務——**密室作戰**！

我被帶去一座我以前從未去過的建築物裏，長廊上，傳來聲聲驚心動魄的慘叫：

「哇，汪汪，痛死我呀！」

「哇呀，救命呀！我不要！不要呀！」

我嚇得止住腳步，抬頭看忠仔，他卻是毫無表情，

若無其事。

我止住了腳步，有點猶豫，不肯前進。

「Nona，怎麼了，很緊張嗎？傻女，不用緊張哦。」忠仔安慰我說，難道他聽不到聲聲慘叫？

我不敢在長廊上逗留，緊緊跟着忠仔，來到一個「房間」。

與其說這是一個「房間」，無寧說是一間「密室」──一間只有三堵牆，向外一堵大玻璃的「密室」。

我的警犬老爸就在密室裏面！

「Nona，Nona，喜歡這兒嗎？」警犬老爸早在那兒等我！

「哎呀，還不快點，我痛死了。」隔鄰房間又傳來大叫大嚷的聲音。

我又被嚇了一跳：「汪，我做錯了什麼事，你們要處分我？」

「Nona，這是你的新房間。看，這兒還置了空調，溫度適中，冬暖夏涼。」警犬老爸介紹說。

細看之下，發覺「密室」跟犬舍真的很不同。犬舍是獨立房間，坐北向南，利用牆身不到頂的對流風，通爽涼快。此外，犬舍有前後分隔，裏面是有蓋的睡

房，地下及牆壁設了不吸水的化合物，乾爽潔淨；外面還有露天草地，用了有機泥土，柔軟清新，是曬太陽活動的地方。住在犬舍，最好玩的是可以和鄰舍打招呼。我實在喜歡我的犬舍。送我來這幽閉式的「密室」做什麼？囚禁我？

「在這裏作戰，最舒適不過。」警犬老爸撫摸着我的下巴説。

「密室作戰？這是什麼任務？」

「Nona，快要做媽媽了，開心嗎？喜歡這兒嗎？」

「汪汪，這裏很恐怖，我有點害怕。」我低頭輕聲説。

「Nona，不用怕，我會幫助你。」警犬老爸好像看穿我的心事，安慰我，「Nona，這是接生房，亦即繁殖室，大約過兩周吧，你便會在這裏作戰——生BB。」警犬老爸故作神秘地説。

「來給你聽點音樂，鬆弛一下神經，這是隔聲房，音色一流。」接生房的音響設備立即傳來悠揚的音樂，一聽，發覺比外面的卡拉 OK 高級得多。

我想到不久之後便可以脱去「大水桶」，頓時心情稍為輕鬆。

「都説音樂可以舒緩情緒啦，傻女 Nona 不再緊

繃嘴臉了。」警犬老爸洋洋得意地說。

「還有，接生？信我，嘿，我做得多哩。」警犬老爸驕傲地炫耀他的「接生公」招牌。

忠仔為我辦理入「室」手續，填寫表格（表格括號內的字是我的意見）。

	中文	英文
產婦姓名（應該是產犬？）	露娜	Nona
來源地	荷蘭	Holland
種族	瑪蓮萊犬	Malinois
配種犬姓名	麥屎	Max
來源地	荷蘭	Holland
種族	瑪蓮萊犬	Malinois
產婦父親姓名	陳忠（忠仔太緊張了，他怎可能是我的爸爸？）阿撈（後來更正）	Ah No
產婦母親姓名	阿嘩	Ah Na（現在，你們明白，我為什麼名叫 Nona 了吧？）

預產日期	2008 年（請寫準確點，預產日期一年長？忠仔，你太緊張了嗎？）	2008
第？胎	1	First
估計生產犬數	最好 10 至 15 頭左右（嘩，好貪心！給我吃了多仔丸？）	About10-15，perfect
純種程度 [1-5 級]（1 為最純，5 為最差）	1 級 純 種，超 班（真的沒 DNA 改造？想清楚）	First class

可笑的忠仔，實在太緊張了，竟然在填寫「父親姓名」一欄時寫了自己的名字！

聽說，許多人類的爸爸在妻子入院生 BB 時填寫表格，也在「父親姓名」一欄錯填了他自己的爸爸，即 BB 的爺爺的姓名！真好笑！

表格上還貼上我的玉照。拍得不錯呢！記得去年警犬老爸曾經認真地為我拍照，正面的、側身的、犬大頭的，原來真有用處。

「Nona，你就在這兒住下，專心做媽媽，我們會天天來看你。」

　　果然，每天，警犬老爸和忠仔都來探我，陪我聽音樂，帶我做運動，陪我散步，摸撫我，和我説話，給我搔癢，更帶來很美味豐富的營養餐。他們愛我，我怎會不知道？

　　據説，澳洲人發現每天撫摸肥豬，和肥豬説話，豬隻會更肥壯，心理更健康，這種撫摸肥豬的做法叫做「肥豬嘜培養術」，他們仿效人家，要來個「肥犬嘜培養術」。

　　Max 麥屎一直忙於工作，生孩子，終歸是女性的天職。

　　但生孩子？做媽媽？我未試過，雖然是雌犬天職，始終有點緊張。

　　懷孕最後兩個星期，我的肚子已經很大了，就像在腹下掛了個水桶般，行起路來不舒服，不方便，一拐一拐的，還説什麼跳躍奔騰作戰？

　　「Nona，很快，你便做媽媽了。」一天，忠仔興奮地摟着我説。

　　「那你就要做舅舅，警犬老爸就要做公公了。汪汪汪！」我咧着嘴取笑他，聊以減輕自己的緊張。

　　「哇，汪汪，哇，痛死了」！隔壁又隱隱約約傳來生產的痛苦叫聲，伴着急劇的喘氣聲。

　　我聳耳傾聽。「哇，汪汪，哇呀，好痛呀，我不想生了！」生仔真的這樣痛？

　　忠仔看見我的表情，側頭奇怪地說：

　　「Nona，這是隔聲房間，你沒可能聽到什麼的。」忠仔似乎忘記了，犬的聽覺比人類的靈敏得多，對人類隔聲的，對我們卻未必。

　　「這兩天你便要生產了，來，帶你去看育嬰房。」忠仔說。

　　一出密室，便看見警犬老爸正伏在隔鄰玻璃門上監視着房間裏面的什麼。

　　我也清楚看到裏面那頭警犬正咬緊牙關痛苦地掙扎。

　　「看來她生產好像有點不順利，我要去幫幫忙。」說着，警犬老爸便推門入內了。

　　我不敢窺看，連連後退，醒目的忠仔立即察覺，說：「來，我們去看 BB 房。」

　　「看，育嬰房是四個獨立房，給犬媽媽生產及餵奶用的，裏面還有三十二個小犬房哺育 BB。小犬房設有玻璃門，是用來隔開外間的人氣犬味，以免引起小犬子不安，設備簡直一流。」忠仔篤信產婦有知情權，努力向我介紹育嬰房。

「喂，老友，看，狗奶粉也準備好了。喜歡不？」忠仔拿着狗狗奶粉罐問。他沒有說錯，罐上的確寫着「狗奶粉」。

「喜歡什麼？生 BB 還是犬奶粉？」我沒好氣，始終，第一次做媽媽，有點徬徨，不知如何是好。

要來的一天終於來到了：終極任務——密室作戰！

這一天，我心緒不寧，沒法安坐，整天踱來踱去，也不想吃東西。

警犬老爸和忠仔伏在單向玻璃門外觀察着。人類以為設置了單向玻璃門，只有外面的人看到裏面，裏面的犬看不到外面，但犬眼豈同人眼，他們可真自作聰明了。有警犬老爸和忠仔在，我覺得自己並不孤單，感到放心許多了。

喔，肚子開始陣陣揪痛，天性讓我知道這是 BB 要出世的徵兆。

揪心的痛迫我專心做自己的事，我開始挖抓地下，犬性令我急於挖個地洞準備收藏快出世的 BB，我要保護我的寶寶。

喔，又來了，肚子陣痛漸漸頻密，我大喘着氣，側身坐下，胎水穿了，我自然地肚子用力向下推。

哎，做媽媽果然就是作戰，真真不容易，Max麥屎，你在哪裏？！哎唷！又一陣劇痛……

「喔，出來了！」我心想，吁了一口氣，低頭一看，一團小東西趺出來了。

小東西濕漉漉、滑潺潺的，胎盤把他包裹得很好。他一鑽出來，我便要舔他，咬掉臍帶，吃掉裹着他的胎盤，讓他可以自己呼吸；如果怠慢，只怕他會窒息而死。

才舔乾淨第一頭小東西，第二頭又鑽出來了！

他們好像約定了似的，待我做完一頭要做的事，另一頭便會鑽出來。

後來，聽警犬老爸和忠仔說，我大約平均每半小時便生一頭小犬，他們還讚我生產時沒有大叫大嚷，連生育表現也比其他犬優勝。

這一胎，我Nona露娜一共生了十四頭小犬！

「Nona，你真棒！」警犬老爸和忠仔一直守候在玻璃門外，目睹我做媽媽的經過，最後，他們現身了，梁醫官當然也出現，遠遠地跟我打招呼。他們當然知道，剛生了BB的母犬情緒不寧，可能會產後抑鬱，無緣無故咬死自己的BB，也可能會襲擊人，危險性極高。

我疲倦地躺着，Max 麥屎和我的 BB 們正努力吮吸我的母乳，我滿心是幸福、滿足的感覺。

噢，我做了媽媽！

我一定要做個好媽媽！

警犬老爸怕我奶水不夠，還是自以為做了公公？還是一時技癢？老愛帶着瓶前來，親自為 BB 餵奶。

「老爸，辛苦你了！」

第一次做媽媽，我四歲，已經是十四頭小犬的媽媽，年青力壯，風華正茂。

十四頭小鬼，如果不是在警隊服務，我和 Max 麥屎能撫養好他們，給他們最好的教育，培養他們成才嗎？只希望即使不能成才，也不要做壞蛋擾亂秩序，破壞社會安寧。

第九章　搜爆三犬子

孩子之中，十三少 Epson 阿爽生性聰明，個性活潑，學習能力極高，但超級頑皮，沒一時安靜，老愛搗蛋，老愛碰釘，卻很有自知之明，每次做錯事，會對領犬員球 Sir 側起小頭，用小掌掩臉，扮一個「Sorry，Sir，對不起，不好意思，下次不敢」的表情，好傻，好 cute，叫你不忍心苛責。

可是，他實在太活躍，太不安靜了，像患了過度活躍症似的，尾巴老愛左擺右拍，搖個不停，警犬老爸笑他有條 happy tail。只是，他那條快樂的尾巴常常會無意撞到牆上，拍到磚頭上，碰到樹幹上，受傷了，斷了。受傷多了，關節斷了，恢復困難，變了「爛尾」。

他就是我的十三少 Epson 阿爽。

「切短吧，再爛尾，不是辦法。」梁醫官說。

看他做完切尾手術，短尾戴着白罩子，還得意洋洋地向犬炫耀：「看，我的尾巴有罩子！」就像以前 Rex 力士的樣子。

Epson 阿爽的好朋友是 Baggio 巴治奧，同族的孩

子，同班同學，年紀比 Epson 阿爽大一點，我們愛叫他做小巴。Epson 阿爽和 Baggio 小巴的友好程度，就是當日我 Nona 露娜和 Lord 囉友一樣。

「喂，小巴！」

「No，我是大巴！」

Baggio 小巴毛色啡中帶黑，外表兇猛，身形健碩，神情不怒而威，是瑪蓮萊犬中的小師弟；年紀小小，警覺性極高，老愛當自己是大巴，是主人的保鏢。值勤時只要有陌生人靠近他的領犬員洪 Sir，他便會一犬當先，擋在主人身前；訓練時一看到有人持槍，不用主人發令，又立即會衝上前去，咬住持槍疑匪的手，我們叫他「衝鋒巴治奧」。有一次，九龍城有兄弟被黑社會人物包圍，Baggio 小巴一到，不斷狂吠，驅散圍觀市民，讓兄弟拘捕生事者，絕對是賊人見之腳軟膽喪的那類型。

他常常說：「我最愛打壞蛋，最強搜炸彈。」

Baggio 小巴跟 Epson 阿爽是一對活寶貝，一樣活潑調皮，跳脫愛玩，同樣是能夠鑒貌辨色的「世界仔」。上課時偶然有些動作做不好，便垂頭耷耳灰溜溜地站在一旁，一臉 Sorry Sir 的表情，討領犬員洪 Sir 的原諒。Baggio 小巴精力旺盛，反應敏捷，愛跟洪

Sir 玩最消耗體力的跳繩。他説：

「跳繩，全身躍起，飛舞空中，真好玩！」

跳過幾百下，他還有氣力搖頭擺尾，發出「赫赫赫」的笑聲向人炫耀，其實是掩飾他的喘氣，看他喘着氣「赫赫赫」，覺得真的很搞笑，很酷。

看犬，像看人一樣，不能單憑外表。

一天，球 Sir 和洪 Sir 分別對 Epson 阿爽和 Baggio 小巴説：「喂，今天小心點，有危險任務哩！」

他們被帶到學堂外面一個陌生隱蔽的地方。

在那裏，他們還見到學長 Jeffrey 綽飛，外號大飛。Jeffrey 大飛是一頭史賓格犬，毛色白啡，在陽光下特別搶眼，中等身材，動作敏捷，工作狂熱，最愛嗅火藥，是警犬隊中的搜爆高手，嗅聞 TNT、爆竹、手榴彈、子彈等等，一向得心應手。他有職業病，無論去哪裏，都當有炸彈，一出場，便不停嗅聞，嗅聞，別人叫也叫不停。

警犬隊中流傳一個故事：Jeffrey 大飛害怕戴腳套。聽說在世貿會議期間，Jeffrey 大飛被派往國家領導人住宿的酒店進行搜爆，人和犬在進入總統套房之前，都必須戴上腳套，犬進去之前還必須仔細清理腳爪，做到檢查到位又不留下任何痕跡。搜索警犬如果對腳

套表示抗拒，便會被革職哩。

三犬中，Jeffrey 大飛比 Baggio 小巴年長，Baggio 小巴又比 Epson 阿爽年紀大。

今天，他們三犬便在這場「搜爆大考驗」中碰頭！

受過搜爆訓練的他們當然知道炸彈危險，有些炸彈，甚至是是用聲音控制的，所以找到炸彈，絕對不能亂抓狂吠，只可以靜靜地坐在有炸彈的地方旁邊示意。

領犬員在遠處解開他們的項繩，下令道：

「Jeffrey，SEARCH ！」

「Baggio，SEARCH ！」

「Epson，SEARCH ！」

警隊有意將他們培訓成「搜爆三犬子」。

今天，他們被安排進行搜爆比賽，Baggio 小巴和 Epson 阿爽要顯示自己在這方面的天分，不可失手；Jeffrey 大飛更不容有失，他要力保自己「搜爆一哥」的江湖地位。

十個不同顏色一字排開的箱子，其中一個有易燃爆炸品。

一聲號令下，Jeffrey 大飛、Baggio 小巴和 Epson 阿爽不敢怠慢，立即開始在十個箱子前逐一嗅聞，

Jeffrey 大飛先在一個灰色箱子旁團團轉，然後突然改在一個黑色箱子前坐下，差不多在同一時間，Baggio 小巴卻在那個顏色最不顯眼的灰色箱子前坐下。

搜爆警犬在某一個箱子前坐下，即表示那個箱子裏可能有易燃爆炸品。

少年 Epson 阿爽覺得奇怪，為什麼兩位學長的選擇有所不同呢？他自己明明嗅到最可疑的是那個灰色箱子，為什麼一哥 Jeffrey 大飛卻坐到黑色箱子前呢？一哥 Jeffrey 大飛沒可能犯錯的。Epson 阿爽徘徊在兩個箱子間，嗅索，再嗅索，拿不定主意。

「灰色？」

「不對？黑色？」

「應該是黑色吧？ Jeffrey 哥一定對的！」於是，Epson 阿爽決定跟隨 Jeffrey 大飛的選擇，坐到黑色箱子前，靜止不動，望着自己的領犬員球 Sir 示意。

Epson 阿爽才坐下來，Jeffrey 大飛已經靜靜地站起來，迅速地竄到灰色箱子前，在 Baggio 小巴身旁坐下。

Epson 阿爽年紀雖小，也隱隱知道自己中計了。

Madam 周拿着探測器，小心翼翼地逐個箱子探測，最後宣判：「炸彈在灰色箱子中！」

　　Epson 阿爽中計了，是 Jeffrey 大飛故意害他，使他選擇錯誤的。

　　Epson 阿爽真傻，他有自己靈敏的犬鼻，有辨別爆炸品的天分，為什麼這麼容易受犬影響，對自己沒有信心？

　　這一次，Epson 阿爽當然沒通過考驗，對自己的「肥佬」，他覺得很不忿，很沮喪，整天垂頭耷耳。

　　「搜爆，表面上看，是平靜的工作，實際上卻是最危險的工作，千萬錯不得！」警犬老爸常常這樣告誡我們說。

　　對這些又是手足又是子女的警犬，警犬老爸說要因材施教，因為犬跟人一樣，各有個性，強迫不得。由於我們的祖先是狼，故尤愛打獵、追逐，這正是執法所需要的技能。至於愛不愛搜爆，能否在搜爆方面有出色表現，則天賦各異，強迫不得。

　　「上了一次當，就要學一次乖，相信自己，不要盲從別的犬。」作為媽媽，我 Nona 露娜當然要教訓 Epson 阿爽。

　　「下次，不能再失手了，知道嗎？」

　　警犬老爸愛錫 Epson 阿爽，更欣賞他的天分，願意再給 Epson 阿爽一次機會。

　　這天，Epson 阿爽被特別帶去一個雜物房中搜爆！

　　學乖了的 Epson 阿爽，首先在房間四角繞了一圈，一邊嗅聞一邊前進，忽然，在一個儲物櫃前，他止步了，繞着儲物櫃團團轉。球 Sir 在一旁緊跟着，心中焦急地暗唸：「Epson，不要弄錯，千萬不要叫吠！」其實，炸彈到底藏在哪一個箱子，連球 Sir 也不知道。

　　只見 Epson 阿爽又繼續前行，冷靜地在房間各處再嗅聞一遍；然後，他又神情沉靜地回到先前那個儲物櫃前靜靜地蹲坐下來，不動，不語，不再離開。爆破小組小心翼翼地用探測器探測，儲物櫃果然有易爆物品！在一大堆不同濃烈氣味的物品——香水、香精、爽身粉、可樂、咖喱，還有榴蓮等等之中，就有炸藥！

　　原來，這是出關試！Epson 阿爽通過了第一部分！

　　還有第二部分，Epson 阿爽被帶到山頭。Epson 阿爽嗅到山徑上有一條氣味之路，草味、樹味、花香，還有各種植物、泥土、石頭的氣味，可謂百味混雜，但 Epson 阿爽知道，這中間，就有塑膠炸彈的氣味，Epson 阿爽一直追蹤而去。

　　今天，如果 Epson 阿爽弄錯了，就注定考試「肥

佬」，可能不再錄用做搜爆犬；如果他在找到爆炸品後叫吠，就更沒可能合格，因為這樣會犯了搜爆大忌！遇到用聲音引爆的炸彈，必然粉身碎骨，連累他的領犬員也命喪當場。

難怪球 Sir 緊張。Epson 阿爽和一眾兄弟，翻到山坡上一塊大石頭後面，赫！一個黑色垃圾袋！Epson 阿爽嗅到裏面有可疑物品，於是靜靜地在垃圾袋前坐下來。黑色垃圾袋打開了，在味道濃烈的花椒八角、蝦糕、辣椒等裏面，就有一枚塑膠炸彈。

Epson 阿爽因他的冷靜沉着，表現出色，終於正式成為一頭搜爆犬！

Epson 阿爽被安排入搜爆隊，做個新紮小子。他、Baggio 小巴和 Jeffrey 大飛，號稱「搜爆三犬子」。

「哼！哼！」這是 Jeffrey 大飛的反應。

「大飛，阿爽年紀小，請你多多指導。」我 Nona 露娜對 Jeffrey 大飛說，我就是怕他的嫉忌，害了我的兒子 Epson 阿爽。

其實，Epson 阿爽和 Baggio 小巴是全科警犬，受訓才半年，在巡邏、捉賊，防暴、搜捕、搜爆等方面，件件皆能，在搜爆方面更表現突出，隊中無犬能否認。他們和 Jeffrey 大飛一樣，由於身形比較小巧，聰明機

智，身手靈活，能夠也最適合在縫隙角落搜查爆炸品。

「搜爆三犬子」被召到位於沙田的奧運馬術比賽場地搜查爆炸品。

一個偌大的草坪，四處種滿各種形狀的花朵，微風吹送中，散發着不同的花草氣味，這還不止，草坪的一隅有新建的馬房，建材的氣味混着馬匹飼料、排泄物和馬匹本身的氣味；還有沙田馬場鄰近餐廳的廚房，強大的抽風又抽出強烈的油煙和食物的氣味，混和着各式人體的氣味，散播在空氣中，氣味有多複雜，大家可想而知。雖説犬鼻靈敏，受過高強度訓練，能夠辨認各種易爆物品的氣味，但在今天這種複雜干擾的環境中工作，「搜爆三犬子」從來沒試過！

Baggio 小巴、Jeffrey 大飛帶着年紀較小、經驗未足的初哥 Epson 阿爽在奧運馬術比賽場地進行搜查爆炸品的預演工作。

他們首先到馬房裏巡嗅，衝鼻而來的是很強烈的馬匹味。各種馬匹氣味，加上馬尿、馬糞、馬屁等，還有飼料味，他們都在學堂嗅過、辨認過，都儲存在記憶庫中。今天，他們執行工作，可説準備充足。

「Hello，小狗，小狗，你們在這裏嗅來嗅去做什

麼呀？」

Baggio 小巴和 Epson 阿爽舉頭張望，看到啡色的四條柱，毛茸茸的。

「小狗，看不見我嗎？來，再把頭抬高點。」

他們退後兩步，努力地抬高頭，才看到那龐然大物。

「小狗，馬房是我們休息的地方，你們走來緊張兮兮的，幹什麼呀？」

「搜爆，保障你們安全和騎術比賽順利舉行。還有，我是警犬 Baggio，你可以叫我小巴，不要叫我小狗。」Baggio 小巴衝着大塊頭，無所畏懼地說。

「哦，警犬小狗 Baggio，馬房歡迎你。」大塊頭道。

「笨傢伙 ！犬狗不分！」Epson 阿爽受我影響，最清楚犬狗之分。

Jeffrey 大飛果然是一哥，不理對象是誰，不理對方說什麼，就只是一心一意，埋頭做自己的工作。

「小狗，不要說我不提醒你們，你們的工作危險，會死狗的。」

「我記得我還在歐洲時，有一次看電視，看到人們用軍犬背着炸藥，去與敵軍坦克同歸於盡的紀錄

141

片！畫面上出現了坦克，一頭軍犬，背着炸藥便衝出來，衝向坦克，『轟隆！』坦克不見了，『攜彈犬』也不見了。」

「去了哪裏？」Epson 阿爽畢竟是天真小犬子。

「赫！當然粉身碎骨了！」那匹馬把舌頭伸長向一邊扮死去狀。

「……」兩頭小犬被嚇得連連後退，他們擅長搜索爆炸品，卻從來沒見過爆炸場面，那匹馬繪影繪聲「同歸於盡」的描述，他們聽在耳中，頓覺毛骨悚然。

那匹馬説的是第二次世界大戰期間，納粹德國用飛機和坦克，對前蘇聯的史達林格勒進行瘋狂轟炸，守衞的前蘇聯軍隊，軍備不足，武器落後，就用軍犬背着炸藥去炸德軍坦克的故事。

「那些訓練他們，和他們日夕相處的領犬員，在為他們繫上炸彈，看着他們背着綁在背上的死亡沙袋撲向死神之際，他們忍心嗎？不痛心嗎？」小犬們心中想道。

「所以，搗破恐怖襲擊活動，成為我們警犬一項重要工作。因為我們能嗅到人類嗅不到的氣味，聽到人類聽不到的聲音，看到人類看不到的蛛絲馬跡，只要受過訓練，我們就知道炸藥的氣味，計時炸彈的聲

音，看到一切可疑的證據，甚至是 C-4 塑膠炸彈。」Jeffrey 大飛說，一哥始終是一哥。

「對呀，中國取得 2008 奧運主辦權，香港有幸承辦奧運馬術大賽，搜爆犬工作繁忙，被要求加強訓練，學習嗅聞 TNT、爆竹、手榴彈、子彈、塑膠子彈等等。」Epson 阿爽果然留心上課。

沒有發現，三小子要離開馬房了，大塊頭叫道：「喂，小狗 Baggio，你的朋友叫什麼名字？不要以為奧運馬術馬房可以自由出入的。」

「他是 Jeffrey 大飛哥，這是 Epson 阿爽，我們專門負責搜爆，我們是『搜爆三犬子』。」

「下次來，不要在早上我們晨操時，不要在我們晨操後休息時，不要在我們午飯、午睡時，也不要在晚上來騷擾。」

「馬大哥，大家『搵兩餐』，我們也是聽命於人，不要太令我們難做吧？！」

說畢，Baggio 小巴頭也不回，和 Jeffrey 大飛，Epson 阿爽等向着草坪上的一個觀眾席前去，靈敏地分頭在一排排的座位之間嗅索。

忽然，Baggio 小巴在一個座位前坐下來，並不聲張，這是有所發覺的訊號，Jeffrey 大飛見狀，立即也

走過來嗅索一番。

三犬子的領犬員和其他偵查隊員大為緊張，小心翼翼地上前，發現座位下果然有一個紙皮盒，三犬看着兄弟們探測和解除了「炸彈」——原來只是一個清潔工人遺下了清潔劑和天拿水。

事後，洪 Sir 撫着 Baggio 小巴的頭稱讚他道：「Baggio，做得好！」

Baggio 小巴和 Epson 阿爽輕吠了兩聲，撅着嘴説：「流*彈！」「流彈！」

流彈？如果有一次來真的呢：這兩個不知天高地厚的小傢伙！

「吱吱！」

「什麼聲音？」犬類耳朵靈敏，極細小的聲音也聽到，Epson 阿爽豎直耳朵聆聽，心中納悶道，「像計時炸彈上的聲音嗎？」

「誰？」聽到聲音的同時，Epson 阿爽嗅到另一種生物的氣味，喝問道。

「警犬大哥，是我呀，阿尖，旺角鼠霸。」

「我聽媽媽説過你的故事。」Epson 阿爽説。

「不就是嘛，我就是你媽媽在旺角巡邏遇見的鼠

*流：廣東方言，稱假的事物為「流」。

大哥了。我叫阿尖，擅長偵探術，常鑽到警犬學堂旁聽課。」

「喂，這是沙田哩，你怎麼跑到這裏來了？」

「小子，地道四通八達，哪裏去不到呀？」

「不要以為你警犬才懂得做偵察工作，我們老鼠個子小、嗅覺靈、動作快，做偵探，一點不比你們差。」

「你們知道嗎，美國和以色列都試過訓練『警鼠』，放在海關桌上，如果有旅客攜帶爆炸品過關，『警鼠』馬上會表現出不安，跳躍不停，是恐怖分子的真正剋星。用老鼠去探測地雷的方法，比用犬隻更準確更便宜呢！」阿尖口沫橫飛，滔滔不絕地吹噓道。

「那麼，你們鼠輩找到地雷，會懂得引爆嗎？引爆後又懂得後退嗎？還是摟着地雷當蛋糕？」Epson 阿爽竟然懂得說笑。

「伙記，收隊！」洪 Sir 下令道。

「喂，要我幫忙的話跟我說一聲哦。」阿尖叫道。

「咦，怎麼好像有老鼠叫聲？」Madam 周側着耳朵，奇怪地問道。

「Epson，有老鼠嗎？」

「嘻嘻，汪。」Epson阿爽沒說實話，為什麼不說，誰知道？！

收隊後，警犬學堂裏，「搜爆三犬子」的領犬員們在閱讀資料：

「看，自從美國『九一一事件』之後，各地對警犬的需求大增，好犬難求呀！」

「連中國內地也利用警犬執行任務，如果遇到人類無法進入的危險區域或是隱藏威脅的地帶，會派警犬先行進入，有時警犬還會戴有無線耳筒、攝像頭盔及非殺傷性武器，指揮者根據警犬即時傳回的影音資料，對警犬遙控下達指令。」

警犬設備越來越先進了！

這意味着什麼？

警犬的工作越來越複雜了！危險了！

8月，香港將會舉行奧林匹克運動會馬術大賽，反恐搜爆犬要頻頻出勤了！

伙記，開工啦！

警犬頌

四條腿一條尾

特警部隊，所向披靡

忠心的伙伴

服從的兄弟

廉潔公務員

盡責好警察

只願

喜樂與共，悲苦同勉

能夠為和平，獻出一切

人和犬

愛意綿綿

孫慧玲